KERST EN ANDE

Kristien Hemmerechts

KERST
EN
ANDERE LIEFDESVERHALEN

PANDORA

Pandora Pockets maakt deel uit van Uitgeverij Contact
Vijfde druk

Omslagontwerp Jos Peters, Huizen
Omslagillustratie Kees van Dongen, Tango
Foto auteur Klaas Koppe
NUGI 300
CIP/ISBN 90 254 5562 X

Inhoud

Voor Stephen M. Smith

Kerst

Hij had te lang gewacht, overal in de buurt waren de kerstbomen uitverkocht. Halfzes. De Turkse en Marokkaanse winkels in het zuiden van de stad bleven tot lang na acht uur open, maar Kaatje werd onrustig als ze niet stipt om zes uur eten kreeg. Gek, vond hij, dat die Turken en Marokkanen ook kerstbomen verkochten. Hij ging een kleine supermarkt binnen, en nam een doos luiers uit de rekken, een groot blik cassoulet en een fles limonade. Hij was de enige klant. De juffrouw van de charcuterie keek hoopvol op toen hij met zijn karretje passeerde, en ging toen verder met het lakken van haar nagels. Pas toen hij tegen een uitstalling met hondenvoer aanreed en twee blikjes op de grond kletterden, besefte hij dat het stil was in de supermarkt. Er werd geen muziek gespeeld. Nu hoorde hij zijn voetstappen op de tegels en het geknars van de wieltjes van zijn karretje, hij hoorde zelfs zijn eigen ademhaling. Hij kuchte, nam een fles wijn die precies op ooghoogte werd aangeboden, bekeek de prijs en zette hem terug. Even hield hij een houten kurketrekker in zijn hand, maar legde ook die terug. Bij de kassa stond een wit plastic kerstboompje boven op een stapel rode, glimmende dozen met daarin identieke, nog niet gemonteerde kerstbomen.

'Ze vliegen weg.'

'Pardon?'

'Die boompjes. We hebben er veel van verkocht.'

Ze boog zich voorover en grabbelde onder de kassa. Hij hoorde een klik, en meteen daarna kerstmuziek.

'Honderdvijfentwintig frank. Tot voor een uurtje vroegen we er het dubbele voor.'

Een gedeelte van haar verdween opnieuw onder de kassa. De muziek klonk luider. Ze wierp een blik op zijn karretje en zei, waarschijnlijk geïnspireerd door de luiers: 'Kinderen zijn er dol op. Ze merken het verschil niet. U betaalt één keer honderdvijfentwintig frank, en geniet jaren. Sommige mensen kopen er twee, een voor de woonkamer en een voor de zitkamer.' Ze reikte over de kassa naar de witte kerstboom, tilde hem op en nam twee dozen van de stapel.

'Een is genoeg,' zei hij verschrikt.

'Weet u dat zeker?'

'Absoluut zeker.'

'Nou, vooruit dan maar.'

Het was begonnen te regenen. De kerstverlichting die over de straat was gespannen, wiebelde in de wind. Telkens als hij een zijstraat kruiste, hoorde hij flarden van *A White Christmas*. Hij zette zijn kraag recht en versnelde zijn pas.

Eerst zag hij haar niet. Ze zat in haar roze nachthemd in elkaar gekropen tegen de radiator tussen de televisie en de bank. De kamer was broeierig heet, maar hij voelde meteen dat de kachel niet meer brandde. Het was droge, benauwende centrale-verwarmingwarmte.

'Kaatje?'

Hij knielde bij haar, maar ze wilde niet dat hij haar aanraakte. Hij was te lang weggebleven.

'Kaatje is bang van de kachel. De kachel doet Kaatje pijn.'

Het vuur in de kachel was gesmoord onder luiers, drie, vier, vijf, zes, acht haalde hij eruit. Hun plastic onderkant was gesmolten en opgekruld, ze stonken vreselijk. Tweeëntwintig frank per stuk kostten ze, hij had kunnen huilen. Als het zo met haar voortging, zou hij haar moeten vastbinden als hij het huis uit ging. Haar twee luiers over elkaar aantrekken, en dan met leren riemen vastbinden aan het bed.

'De kachel doet niets, Kaatje, de centrale verwarming wel. Die werkt met stookolie en stookolie komt van heel ver. Leopold moet veel centjes betalen voor de stookolie bij hem en Kaatje is.'

Hij had berekend dat de kachel over twee jaar rendabel zou zijn. Als Kaatje tenminste van de centrale verwarming afbleef. Hij had er 19 640 frank voor betaald, maar hij had geen verdere kosten. Hij kende veel mensen die geen weg wisten met hun hout. De ene zaagde een boom om, de andere wilde van een gammele kast af, nog iemand anders plaatste nieuwe ramen. Ze belden hem en hij haalde het op met zijn bakfiets. Meestal lag het in keurige stapeltjes klaar, maar op sommige adressen moest hij het hout zelf in stukken zagen. Over twee weken zouden ze allemaal aan zijn telefoon hangen. Of hij hun kerstbomen kon ophalen. Hij zou de stookolieput laten leegzuigen. Dat zou hem waarschijnlijk nog geld kosten ook, maar hij zag geen andere oplossing. Kaatje was niet te vertrouwen. Zou hij haar straffen?

'Kaatje, kom hier.'

Ze verroerde zich niet.

'Kaatje.'

'Kaatje is niet nat. Kaatje is vier keer naar de w.c. geweest. Door de koude hal.'

Hij rook inderdaad niets, maar wilde toch voelen. Opnieuw knielde hij bij haar, opnieuw duwde ze hem weg.

'Kaatje is droog!'

Hij greep haar bij de heupen, zij beet hem in de pols, hij liet haar even los, had haar toen bij de schouders. Ze klauwde naar zijn borst en gezicht, hij sloot zijn handen om haar polsen. Samen rolden ze over het kleed, botsten tegen het koffietafeltje en toen tegen de radiator. Ze zette haar tanden in zijn hals, hij kromp in elkaar van de pijn, maar liet haar niet los. Ik ben sterker, dacht hij, ik ben sterker, ik ben sterker. Nu probeerde hij haar tot rede te brengen.

'Als Kaatje te lang met een natte luier rondloopt, dan raakt haar huid ontstoken. Haar zachte, roze huid wordt dan rauw en rood. Dat zou Kaatje toch niet willen, en Leopold wil het ook niet, Leopold wil de huid van zijn Kaatje kunnen strelen en zoenen.'

Zijn hoofd sloeg tegen de bank, hij moest haar laten gaan.

'Kaatje heeft helemaal geen luier aan!'

Met licht gespreide benen ging ze voor hem staan en hief haar roze nachthemd over haar witte dijen en over de rosse krulletjes van haar schaamhaar. Geen luier! Op zijn knieën kroop hij dichter naar haar toe en betastte haar met zijn vingertoppen. Ze was droog! Ze had hem willen verrassen en hij had haar niet vertrouwd. Hij duwde zijn gezicht in haar lieve schaamhaar, proefde met zijn tong tussen haar lippen, maakte haar nat. Maar ze zette een stap achteruit en hij viel om. Ze lachte luid, zo luid dat hij het zag voor hij het hoorde. Druppels langs haar benen, op haar voeten en het kleed. Dan ook gesis, geklater. Hij krabbelde overeind.

'Kaatje, gauw!'

Op haar blote voeten trok hij haar met zich mee naar de koude hal, duwde haar de w.c. in. Ongelooflijk hoeveel water in die vrouw zat, het bleef maar uit haar klateren, ze moest het de hele dag hebben opgespaard. Kaatje lachte en plaste en schokte van plezier. Weerloos liet ze zich op de pot duwen. De w.c. was net een sauna, zweet sprong uit Leopolds poriën. Ook dat nog! Hij greep haar bij de schouders en schudde haar heftig door elkaar.

'Kaatje heeft gelogen,' schreeuwde hij. 'Kaatje is helemaal niet naar de w.c. geweest, Kaatje is hier gewoon het straalkacheltje komen aanzetten om Leopold te pesten!'

De staafjes van het straalkacheltje waren roodgloeiend en de radiator was zo heet dat hij zijn hand eraan verbrandde. Hij was al lang van plan geweest het straalkacheltje aan te sluiten op een tijdschakelaar, zodat het niet langer dan een minuut of drie zou blijven branden. Zodra de kerstdrukte achter de rug was, zou hij er werk van maken. De arts had gezegd: 'Het is voor een deel gewoon een kwestie van luiheid. Dikwijls gaan ze niet omdat ze geen zin hebben. Maak de w.c. zo gezellig en comfortabel mogelijk. Dat helpt soms.' Hij had de muren abrikoze-oranje geschilderd en een gebloemd gordijntje voor het raampje gehangen. Er lagen modebladen, er stond een vaasje met bloemen en er hing een poster met een prachtig zeegezicht. Nu had hij zin om het allemaal in de vuilnisbak te kieperen. Al dat begrip! Hij scheurde twee velletjes af van het abrikoze-oranje w.c.-papier.

'Vooruit!'

Gewillig veegde ze zich droog. Af en toe borrelde nog een korte lach uit haar op.

'Weet je wat men met poezen doet die niet zindelijk zijn?'

Maar ze sloeg haar armen om zijn hals.

'Kusje,' zei ze.

'Nee, geen kusje. Leopold is boos. Kaatje is heel stout geweest. En waarom draag je een nachthemd?'

Hij had haar voor hij vertrok nog een extra trui aangetrokken. Hij had het vuur in de kachel opgestookt en gezorgd dat ze warm gekleed was. Wat kon hij meer doen? Ze zakte van de w.c. op de grond. Zat daar als een lappenpop. Haar onderlip trilde.

'Honger,' zei ze.

'We eten zo meteen. Ga iets aantrekken.'

Aan tafel at ze haar portie van de cassoulet zonder te morsen of zich vuil te maken. Ze had een wollen sjaal over haar schouders geslagen.

'Morgen eten we kalkoenfilet met champignonsaus.'

Ze glimlachte zwakjes, keek toen naar haar bord. Plotseling zag hij tranen over haar wangen rollen. Ze huilde zonder geluid of beweging.

'Kaatje, alsjeblieft, het is kerstavond.'

'Leopold had beloofd dat hij een kerstboom voor Kaatje zou kopen. Een mooie, grote kerstboom. Kaatje zou hem versieren voor Leopold.'

Hij dacht aan het witte, plastic boompje dat hij in de hal op het hoedenrek had gelegd. Toen dacht hij aan haar dijen en rosse krulletjes. Hij sloot zijn ogen, kon haar aanblik niet langer verdragen.

'Is Leopold nog boos?'

'Nee, ik ben niet boos.'

'Mag Kaatje bij Leopold komen?'

'Ja.'

Ze legde zijn hand op haar gezicht, likte palm en vingers. Toen duwde ze haar hoofd tegen zijn hand alsof hij het was die haar streelde.

'Krijgt Kaatje nu een kerstboom van Leopold?'

'Ja,' zei hij, 'Kaatje krijgt een mooie kerstboom van Leopold.'

Het was nog niet opgehouden met regenen. Hij bleef enkele minuten bij de tramhalte wachten, maar besloot toen te lopen. Van het tramhokje stond alleen nog het metalen geraamte overeind, de rest was afgebroken en weggesleept. Hij haastte zich de straat over, trapte midden in een plas, en besefte dat hij zijn bril had vergeten. Als hij hem maar niet in de w.c. had laten liggen, Kaatje was in staat om hem in de pot te gooien. Achter zich hoorde hij een tram snerpen. Hij draaide zich om, zwaaide met zijn armen en trapte opnieuw in de plas. Maar de trambestuurder had hem opgemerkt. En wachtte.

'Wat een weer,' zei de bestuurder. 'Als een mens geen kalender had zou hij niet weten dat het Kerstmis was. Trek in een snoepje?'

'Dank je,' zei hij.

Het waren rode beertjes.

'Niet zo schuchter,' zei de bestuurder. 'Neem gerust een handvol.'

'Meent u dat?'

'Tuurlijk meen ik dat. Nee, nee,' zei hij toen Leopold zijn kaart wilde afstempelen, 'vanavond is het gratis.'

'Krijgt u dan geen moeilijkheden?'

'Moeilijkheden? Wie rijdt er met de tram, de baas of ik? U geeft maar een seintje als u eruit moet, want als er niemand bij de halte staat stop ik niet.'

'Ik ga tot in het Zuid.'

'Het Zuid?! Sorry, mijn zaken niet, iedereen doet maar, iedereen mag leven, dat is mijn parool.'

Leopold koos een plaatsje halverwege de tram bij de deuren en het raam. Hij was de enige passagier. Warme lucht werd van onder de bank op zijn benen geblazen, zijn kousen zouden nu wel gauw drogen. De bestuurder meerderde flink vaart. Bij elk kruispunt tingelde hij krachtig en zoefde verder. Plots schokte de tram stil. De deuren sloegen open.

'U bent er.'

Maar ook hier was hij te laat. In de derde winkel waar hij binnenging, bood de man hem de mare- en hulsttakken aan waarmee de etalage en de toonbank waren versierd.

'Nee,' zei Leopold, 'het moet een kerstboom zijn.'

Alle winkelwaren lagen in kartonnen dozen op de stenen vloer. Twee kinderen zaten zo dicht bij hem op de grond dat ze als ze wilden, zijn enkels konden grijpen. Ze hielden elk een sinaasappel in de hand, klaar om ermee te knikkeren of te ballen, maar zijn komst had hun spel onderbroken. Met open mond en grote ogen staarden ze hem aan. Zou hij hun een tikje geven met de punt van zijn schoen zodat het niet duidelijk was of hij hen schopte of aaide? Hij boog door zijn knieën en kneep fluks in die blozende wangen. Snel stak hij het puntje van zijn tong naar hen uit en ging weer staan.

'Het is voor mijn dochtertje,' zei hij. 'Ze is ziek.'

Hij dacht aan Kaatjes mooie, gave borsten, zo gaaf en mooi dat ze wel van plastic of van schuimrubber leken gemaakt. De man kwam van achter het tafeltje waarop zijn kassa stond, nam de sinaasappels van de kinderen af en legde ze terug in een van de dozen. 'Bah,' zei hij, en gaf hun een tik tegen het achterhoofd. De hoofden van de kinderen knikten naar voren maar ze bleven Leopold aanstaren.

'Hier,' zei de man. 'Voor uw dochtertje.'

Hij nam Leopold bij de arm en voor die het goed besefte stond hij op straat. Achter zich hoorde hij grendels voor de deur geschoven worden. Toen werd ook een gordijn dichtgetrokken. Hij nam een van de bonbons die de man hem had gegeven, stak hem in zijn mond, maar spuwde hem meteen weer uit. Mierezoet! Die waren voor Kaatje. Hij duwde het pakje diep in zijn jaszak. Kaatje krijgt een snoepje als Leopold een zoentje krijgt. Ooit had ze gezegd: 'Kaatje wil geen snoepje, Kaatje wil een kindje.' 'Nee, nee, Kaatje mag geen kindje krijgen. Als Kaatje een kindje kreeg, zou ze niet meer mooi zijn, en ze zou ook heel erg bang zijn.' Maar hij had meteen dezelfde dag nog een afspraak gemaakt om zich te laten steriliseren. Stel dat ze doordreef en haar pil niet meer nam. Ze was zo ontzettend geslepen, hij kon haar niet vertrouwen. Mijn god! Een kind dat een kind kreeg! Want het kon. De arts had het hem verzekerd. Ze had het lichaam van een normale, volwassen vrouw. Er was geen enkele fysieke aanwijzing voor haar incontinentie.

Tien over acht. Een winkel wilde hij nog proberen, daarna werd het werkelijk te laat. Wat zou ze aan het doen zijn? Ze zou nu wel haar best doen na het voorval van daarnet, en hij zou haar belonen, desnoods met die plastic kerstboom. Hij zou haar uitleggen dat dennebomen niet in een woonkamer thuishoorden, dat je ze pijn deed als je ze omhakte. Dat wilde zijn Kaatje toch niet.

Onder zijn snor lachte de man een rij witte tanden bloot. De twee bovenste hoektanden waren van goud.

'Ja, zeker,' zei hij, 'ik heb een kerstboom voor u.'

Zijn zwaar behaarde handen lagen op de toonbank. Aan zijn pink droeg hij een grote zegelring, en aan de vinger ernaast een ring met een fonkelende rode steen. Ook hier stond alles in kartonnen dozen op de grond. 'Van boven pront,' dacht Leopold, 'van onder stront.'

'Kom,' zei de man, en hield een gordijn voor Leopold opzij. De ruimte achter de winkel werd verlicht door een zwak peertje. Had hij zijn bril maar niet vergeten! 'Kom, kom,' zei de snor, en trok hem verder bij zijn mouw. Leopold struikelde. Hij hoorde gegiechel, gegniffel, hij zat op een kleed. Nu ontwaarde hij figuren op lage sinaasappelkisten tegen de muur. Natuurlijk had hij eerst niemand gezien, ze zaten zo laag. 'Kom, kom!' Wat een haast! Hij werd meegetrokken naar een piepkleine keuken, die was volgepropt met potten en pannen en balen en daartussen twee vrouwen die van onder tot boven ingepakt waren in zwarte gewaden.

'Turkse vrouwen zijn bange vogeltjes,' lachte de man.

Nog een deur, en ze stonden buiten. Een binnenplaatsje, veronderstelde Leopold, al zag hij geen hand voor ogen.

'Wacht,' zei de man en verdween.

Plots viel een flauw schijnsel op het koertje. Leopold keek op en zag de lachende grimas van de man achter het keukenraam. Hij had de gordijnen opengetrokken. En toen begreep Leopold wat de man van plan was. Daar stond hij in het midden van het plaatsje: de boom! Drie meter hoog, schatte Leopold, maar zeker was hij niet, want voor zijn bijziende ogen versmolt de kruin met het zwarte gat van de nacht. Nu stond de man naast hem met in elke hand een bijl. 'Kom.' Leopold aarzelde, maar de man bleef maar 'kom, kom' kakelen zodat hij geen andere keuze had dan de bijl in zijn hand te nemen, hem hoog te heffen en op de stam van de boom te laten neerkomen wanneer het zijn beurt was. Deed hij het goed? Klets! Hun bijlen sloegen tegen elkaar. Waar was het licht? Tegen het keukenraam waren wel vijf gezichten platgedrukt, ongesluierde vrouwengezichten. Eén stap en de Turk was bij het raam. De gezichten doken weg.

'Wacht!'

Hij liep naar binnen met zijn bijl nog altijd in zijn hand, en kwam terug met een vrouw. Hij bracht haar tot vlak bij het keukenraam, draaide haar naar het licht, en trok haar sluier weg.

'Dat hebben jullie niet!'

'Ik heb mijn bril vergeten,' zei Leopold.

'Kom dichterbij.'

Schichtig sloeg het meisje haar sluier voor haar gezicht, maar de snor trok hem opnieuw weg. Leopold bracht zijn gezicht vlak voor het hare en zuchtte diep. Haar ogen waren neergeslagen.

'Nee,' zei Leopold, 'dat hebben wij niet.'

De man liet het meisje los, en lachte.

'Maar jij wilde een kerstboom,' zei hij.

'Ja,' zei Leopold, 'voor mijn zieke dochtertje.'

'Nog een paar slagen.'

Ze waren alleen op het plaatsje, de Turk, Leopold en de boom.

'Stop!'

De man trok hem opzij, gaf een duwtje tegen de stam, en het was gebeurd, de boom was geveld. De Turk legde zijn arm over Leopolds schouder. 'Vriend,' zei hij. Samen keken ze naar de boom.

'Wat ben ik u schuldig?' vroeg Leopold na een gepaste stilte.

'Niets!' bulderde de man. 'De boom is een cadeau van een Turkse man aan een Belgische man, voor de vriendschap tussen mijn volk en jouw volk.'

'Maar ik wil u betalen, ik heb geld bij me.'

'Nee, nee, het is een geschenk, voor jou en je dochter van mij en mijn dochter.'

Wat een aardige man! Maar hoe kreeg hij de boom thuis? En hoe zou hij hem door de keuken, de woonkamer en de winkel op straat krijgen? Alsof de man zijn gedachten kon lezen, opende hij een deurtje in een van de muren die het plaatsje omsloten. Het kwam uit op een steegje, dat weer uitkwam op een zijstraat van de straat waar de winkel lag. De twee mannen omhelsden elkaar, en het deurtje sloeg achter Leopold dicht. Daar stond hij met zijn boom. Hij zou moeten terugkomen, morgen of overmorgen. De Turk iets brengen voor zijn moeite. Een cadeautje voor hem, of voor zijn beeldschone dochter. Maar ze bleven niet lang mooi, die Turkse meisjes, kregen te jong te veel kinderen. Waar was hij in hemelsnaam? Was het een valstrik? Stonden ze hem op te wachten met knuppels, de Turk en zijn kameraden? Beladen met de kerstboom was hij een weerloos slachtoffer. Waar zouden ze toeslaan? In dit steegje of straks op straat? Ik ben bang, dacht Leopold, en begon zenuwachtig te giechelen. Hoe lang was het geleden dat hij zich bang had gevoeld? Voetje voor voetje schuifelde hij in de richting die de Turk had aangewezen. De boom sleepte over de grond. Zingen, dacht hij, ik moet zingen. Als je bang bent in het donker moet je zingen. 'De herdertjes lagen bij naaaach...' Stappen achter hem! Gehaaste stappen die of hem wilden inhalen, of het op hem hadden gemunt. Hij zette het op een lopen, liet de boom vallen. Het lichtvlak aan het einde van de steeg werd groter en groter, kom Leopold, flink zijn, hoog die benen en krachtig neerzetten, voeten afduwen en hoog, borst vooruit, kom, hup, hup, de eindstreep is in zicht. Volhouden! Een grote stap en hij stond op straat in het blauwe schijnsel van de straatverlichting. Maar opnieuw hoorde hij de stappen. Snel sprong hij in een portiek, en zag een man uit de steeg te voorschijn komen. Hij sloeg linksaf, weg van Leopold. Gered! Op de punten van zijn schoenen sloop hij opnieuw het steegje in, maar hij kon niets zien, zijn ogen moesten opnieuw wennen aan het zwakke licht. Bij iedere stap schopte hij voor zich uit. Boompje, waar ben je? Leopold is hier, Leopold komt je halen. Nu voelde hij de takken van de boom langs zijn enkels en kuiten. Ja, boompje, was je bang dat ik je in de steek zou laten? Voorzichtig tastte hij naar de stam, en sloot zijn hand eromheen. Meteen lekte de boom hars. 'Oh,' zei Leopold, 'jij wil mij nooit meer loslaten! Gekke boom. Wel, het is goed, Leopold laat jou nooit meer los, wat er ook gebeurt, we blijven samen. Ben je bang geweest, zo alleen op de grond in de steeg?' Samen gingen de man en de boom voetje voor voetje, tak voor tak naar het flauwe licht aan het einde van de steeg. 'Heeft die man van daarnet je vertrappeld, boom? Straks als we thuis zijn, dan sla ik een kruis tegen je aan, dan kan je weer mooi rechtop staan. En Kaatje zal je versieren, dat kan ze als geen ander, we hebben lichtjes en ballen en slingers, prachtige dingen. Je mag Kaatje niet onderschatten, boom. Mensen onderschatten Kaatje voortdurend, ze gaan ervan uit dat ze, omdat ze een beetje kinds is gebleven, helemaal niets kan. Je zal merken dat ze zich vergissen.'

Eindelijk stonden ze op straat. 'Nu ga je iets meemaken waar je nog nooit zelfs maar van gedroomd hebt. We nemen de tram.' Leopold stond stil. Ik loop te praten tegen een boom, dacht hij. Hij opende zijn hand, maar door de hars bleef de stam plakken. Driftig schudde hij de boom van zich af. Wat nu? De tramhalte was niet ver meer. 'Kom, nog even.' Hij greep de stam op een andere plek, maar opnieuw lekte hars uit de schors. Leopold zuchtte en begon in de richting van de tramhalte te lopen.

'Geen sprake van,' zei de bestuurder.

'Maar het is kerstavond,' zei Leopold.

'Nee, nee, u mag mee, maar de boom niet.'

'Toch wel,' zei Leopold.

'Toch niet. Ik zeg nee, en dan is het nee.'

'Maar er zit niemand in de tram.'

'Die tram, meneer, is eigendom van de gemeente, en ik moet

ervoor zorgen dat hij netjes blijft. Ik kan niet iedereen met een half bos de tram in laten.'

'Eén boom, een kerstboom.'

'Stapt u in of niet?'

Het was halftien. Te voet, met de boom, zou het zeker drie kwartier duren voor hij thuis was, en Kaatje moest voor tien uur naar bed. De bestuurder trapte op de trambel.

'Hebt u een momentje?'

Hij zette de boom tussen het tramhokje en de bakstenen muur erachter.

'Morgen kom ik je halen,' fluisterde hij. Hij zou met zijn bakfiets komen. Hij zou hem erop binden, en de fiets aan de hand meevoeren. 'Loop niet weg, en ga met niemand mee.' Toen stapte hij in de tram.

'Kijk u daar nou eens staan,' zei de bestuurder. 'Als het geen kerstavond was, liet ik u er ook niet in!'

Leopold bekeek zichzelf. Zijn schoenen en broek zaten onder de modder. Hij probeerde zijn broek schoon te vegen, maar smeerde er alleen maar hars op.

'Wat doet u toch,' zei de bestuurder. 'Stap uit en veeg uw voeten af aan de stoep!'

De deuren van de tram sloegen weer open. Leopold voerde zo snel hij kon het bevel van de bestuurder uit.

'Mag ik er nu weer in?'

'Laat uw schoenen eens zien. Ja, in orde.'

Leopold ging helemaal achterin zitten, zo ver mogelijk van de boze bestuurder. Zijn hele lichaam gonsde en klopte en bonkte, hij moest dringend plassen, vroeg zich af of hij de bestuurder kon vragen of hij er even uit mocht, maar beheerste zich. De tram naderde zijn halte. Rustig ging hij staan, drukte op het belletje, riep zelfs goedenavond naar de bestuurder en stapte uit. Tweehonderd meter en hij was thuis, maar hij kon niet wachten en plaste tegen het metalen geraamte van het vroegere tramhokje. Toen hoorde hij het piepen van remmen. De tram was gestopt! Zonder zijn broek dicht te knopen liep hij weg van het hokje en van de bestuurder die hem nu waarschijnlijk achterna zou zitten.

'Dit hokje is eigendom van de gemeente!' Hij wou het niet horen. Met zijn ene hand hield hij zijn broek op, met zijn andere maaide hij door de lucht. Een, twee, een, twee, een... Hij keek niet over zijn schouder, wilde niet weten of de bestuurder hem op de hielen zat. Thuis! Voorzichtig draaide hij zijn hoofd, de straat was leeg. Misschien was de bestuurder zelfs helemaal niet uitgestapt! Zou hij bellen? Nee, Kaatje zou niet komen opendoen. Eerst even op adem komen, broek rustig dichtknopen en sleutel uit zijn broekzak vissen. Nu hoopte hij dat Kaatje de verwarming niet had uitgezet, het leek wel of de kou tot binnen in zijn beenderen was gekropen.

'Kaatje, Kaatje, Leopold is thuis!'

Voorzichtig duwde hij de deur van de kamer open. Daar lag ze, opgerold op het kleed bij de radiator. Op kousevoeten naderde hij haar. Ze was droog! Geen luier en droog! 'Kaatje, Kaatje!' Het ene oog dat hij kon zien, ging open. 'Ik ben terug. Ik heb een prachtige boom, maar ik kan hem pas morgen ophalen.' Ze draaide zich op haar rug, haar nachthemd stond helemaal open, ze had weer met zichzelf zitten spelen.

'Foei, Kaatje!'

'Kaatje is droog.'

'Dat is heel flink, Leopold is heel blij, maar...' Hoe bracht hij het haar aan haar verstand? Hij slikte. Schoof haar nachthemd verder opzij, legde zijn handen op haar borsten. 'Voor Leopold, niet voor Kaatje,' probeerde hij, en hij boog zich naar haar toe om haar tepels te zoenen, maar ze duwde hem weg.

'Voor Kaatje!'

Misschien was ze boos omdat hij geen kerstboom had meegebracht.

'Kaatje, ik heb een plannetje. Als Kaatje nu naar de w.c. gaat, dan haalt Leopold haar cadeautjes. Die krijgt ze nu al omdat ze zo flink is geweest.'

'Kaatje is pas geweest!'

'Kaatje was aan het slapen.'

'Niet de hele tijd.'

Sprak ze de waarheid? Het was kerstavond, hij zou haar geloven. Hij boog zich naar haar toe om haar hemd dicht te knopen, maar ze gromde naar hem.

'Kaatje doen,' zei ze. Ze tilde haar ene borst zo hoog als ze kon, stak een lange, spitse tong uit en likte haar roze tepel.

'Kaatje!'

Ze lachte.

'Lekker,' zei ze. 'Leopold doet het toch ook.'

Hoe bracht hij haar het verschil bij? Hij moest strenger optreden. Hij ging staan.

'Kaatje, ofwel gedraag je je, ofwel ga je meteen naar bed!'

'Cadeautjes,' zei ze, en knoopte haar hemd dicht.

'Morgen.'

'Nu.'

'Dan ga je eerst plassen.'

'Leopold is vuil,' zei ze, en ze wees naar zijn broek.

'Tuurlijk ben ik vuil! Als je wist wat ik heb moeten doen om voor jou een kerstboom te vinden, en dan nog gedraag je je niet! Ik kan je geen minuut alleen laten.'

'Kaatje is heel flink geweest.'

'Geweest, geweest, maar nu niet meer. Als Kaatje naar de w.c. gaat, trekt Leopold andere kleren aan en haalt hij haar cadeautjes.'

De hars had zwarte sporen getrokken in zijn handpalmen, het zou moeten slijten want met zeep kreeg hij zijn handen niet schoon. Leopold is vuil! Verdomme, ze moest maar wachten. Hij stapte onder de douche. Lang bleef hij onder de warme straal staan, tot eindelijk de kou uit zijn lijf was weggetrokken. Hij legde zijn badjas op de verwarming en wikkelde zich intussen in een zachte, roze handdoek. Heerlijk! Het was niet het goede voorbeeld, maar het was te laat om nog kleren aan te trekken. Maar wat was er met zijn badjas gebeurd? Zijn armen en benen staken er ver uit. Het was helemaal zijn badjas niet, het was die van Kaatje! Maar deze was lekker warm, voor één keer moest het deze maar zijn. Drie pakjes had hij voor haar: een knuffeldier, een kettinkje van koraal en een beige wollen jurk. Niet te streng zijn, zei de arts, af en toe een eindje met hen meegaan. Wel, het knuffeldier was om niet te streng te zijn, de jurk om niet al te veel toe te geven. Om haar te doen beseffen dat ze niet eeuwig in haar nachthemd kon rondlopen. Natuurlijk was ze vooral blij met het knuffeldier, maar ze deed het kettinkje om, en paste de wollen jurk. Precies haar maat! Als ze nu nog hakken droeg en fijne zwarte kousen, kon ze zo in een van die sjieke damesbladen die in de wachtkamer van haar arts lagen.

'Weet je dat je heel mooi bent?'

Op handen en voeten kroop hij tot bij haar, sloeg zijn armen om haar benen, schortte haar jurk omhoog. Ze sloeg op zijn handen.

'Kaatje moet zich leren kleden,' zei ze. 'Kaatje moet haar kleren aanhouden.'

'Dan zou Kaatje ook moeten beginnen broekjes te dragen.'

'Kaatje heeft geen broekjes. Kaatje krijgt alleen luiers van Leopold.'

Ze had gelijk! Morgen, nee, overmorgen als de winkels weer open waren, zou hij kopen wat ze nodig had.

'Zeg me wat voor slipjes je wil, Kaatje, roze, of met kant, of hoog opgesneden, of...'

Ze proestte het uit, sloeg haar handen voor haar mond, wees toen naar zijn geslacht dat tussen de panden van zijn badjas, haar badjas, naar buiten stak. Het was geen gezicht. En nu duwde ze hem niet weg, en hij schortte haar jurk hoger op, over haar buik en haar borsten, armen omhoog en over haar hoofd, en hij beloofde dat ze slipjes zou krijgen, en misschien was ze genezen, was het inderdaad maar een fase geweest, en konden ze die luiers... Ze legde een vinger op zijn lippen, duwde hem, maar ze duwde hem niet weg, ze duwde hem op zijn rug. Als een trotse amazone besteeg ze hem. 'Kaatje is flink,' zei ze. 'Ja, Kaatje is flink, flink en mooi, vooral mooi.' Sneller reed ze hoog boven hem, sneller en sneller, zodat hij even bang was dat het te wild ging, dat hij niets meer zou voelen behalve angst dat het pijn zou gaan doen, rustig, rustig, fluisterde hij, maar ze gooide haar hoofd naar achter en hij greep met zijn handen naar haar borsten en vond haar ritme, een, twee, een, twee, een twee en toen brak een vloed over hem, en hij dacht, dit kan niet, maar zij lachte en liet alles over hem heen lopen. Hij glipte uit haar, het ritme was verbroken. Nu lag ze naast hem, haar water liep van zijn buik op het kleed. Ze richtte zich op en zei: 'Leopold is vuil. Leopold moet een luier dragen, vuile, vuile Leopold!' Hij dacht, ik duw haar weg, maar hij trok haar naar zich toe en zoende haar en werd opnieuw hard, het was de schok geweest die hem daarnet had verward, maar nu, nu wilde hij in haar oor fluisteren, heb je nog meer, lekker warm, doe maar, laat maar lopen, niet nu meteen, maar straks als ik er bijna ben, als ik het je zeg: nu, maar hij durfde het niet te zeggen, dus hoopte hij dat ze het zou voelen zonder dat hij het zei, dat ze zou weten wat hij wilde, en dat ze het zou doen tegelijkertijd met hem, dat ze samen zouden leeglopen. En morgen zou hij die Turk betalen en een geschenkje brengen voor zijn beeldschone dochter en hij zou Kaatje meenemen en zeggen: maar hebben jullie dit? en hij zou de boom ophalen en ze zouden hem versieren met lichtjes en ballen en slingers, en het zou Kerstmis zijn.

Weekendzusjes

(voor Jaklien Peeters)

Saskia is bang in het donker. Als het licht wordt uitgeknipt, verstijft ze van schrik en kan of durft ze haar bed niet meer uit, ook niet om het licht weer aan te knippen. Wie Saskia alleen overdag kent, zou nooit geloven dat ze bang is in het donker.

'Knip het licht aan. Effi, toe.'

'Effi' is Saskia's stopwoord. Soms als mijn moeder me roept, gebruik ik het nu ook. 'Wacht effi. Ik kom zo.' 'Niets te effiën. Jij komt nu. Meteen.' Mijn moeder heeft een hekel aan het woord.

Overdag is Saskia een clown die niet ophoudt met tateren en gezichten trekken. Ze wil actrice worden en is al een paar keer op de televisie geweest. Bij ons op school is er ook ooit een mevrouw geweest die kinderen nodig had voor een programma. Wie mee wou doen moest vooraan in de klas iets zingen of vertellen, maar iedereen wist bij voorbaat wie het zou worden. 'Lucy, Lu-cy, Lu-cy,' scandeerden we allemaal. Lucy vond het doodnormaal en kleurde zelfs niet. Ik vermoed dat het bij Saskia in de klas ook zo gaat.

Voor mijn moeder had Saskia's vader een vriendin die aan het toneel was, en Saskia heeft toen een kleine rol mogen spelen. Ze was het kind dat de kamer wordt uitgestuurd als de moeder haar minnaar ontvangt. 'Liefje, ga mooi boven met je poppen spelen,' zei de moeder, en dan moest Saskia 'ja, mama' zeggen, maar ze verborg zich achter de bank om niets te missen. Anne-Lore – de vriendin – speelde de rol van de moeder en Saskia mocht dezelfde kleedkamer gebruiken als zij. Na de eerste voorstelling kreeg Saskia bloemen net als zij. Haar vader heeft het stuk gefilmd en

Saskia heeft beloofd dat ik het op video mag zien als ik eens meega naar zijn huis. Saskia heeft alles wat ze ooit gedaan heeft op video. Als ze wil kan ze zichzelf iedere dag bekijken. Eigenlijk ben ik vooral nieuwsgierig om Anne-Lore te zien want Saskia zegt dat ze erg mooi en lief was. Ze glimlachte altijd. En ze was nooit boos.

'Papa,' vraagt Saskia soms, 'wanneer speelt Anne-Lore haar volgende stuk?' En ze kruipt op zijn schoot en legt haar arm over zijn schouder en haar wang tegen zijn wang. 'Gaan we dan kijken, papa? Toe, alsjeblieft. Bel je Anne-Lore? En vraag of ze een rol voor me heeft. Papa, wanneer nodig je Anne-Lore uit? Ik wil haar zo graag nog eens zien.'

Haar papa lacht altijd als ze zulke dingen zegt. 'Liefje van mij,' zegt hij, en hij zoent haar. Maar Anne-Lore had geen kinderen en dat was jammer. Saskia zegt dat ze van alle kinderen van haar vaders vriendinnen mij het liefst heeft. Maar mijn mama vindt ze veel te streng. En ze vindt haar te oud voor haar papa. Haar papa heeft altijd blonde vriendinnen en mijn mama heeft zwart haar. 'Marijn is een typische lerares,' zegt ze. In het begin vond ik het vreemd dat Saskia mijn mama Marijn noemde, maar nu doe ik het soms ook.

'Marijn, hoe laat eten we?'

'Dat moet je aan Leo vragen.'

Leo is de papa van Saskia. Als Leo bij ons is, kookt hij altijd. Mijn papa kookte nooit.

De eerste keer dat Saskia met haar vader een weekend meekwam, had Marijn haar in de logeerkamer te slapen gelegd. Saskia had haar vader nog gevraagd of ze bij hem mocht slapen – 'toe, papa, alsjeblieft' – maar Leo had gezegd dat dat onmogelijk was – 'liefje, dat moet je toch begrijpen.' Na al die jaren moest Saskia dat toch begrijpen. 'Alsjeblieft, papa.' 'Flink zijn, meisje.' Leo knipte het licht uit en Saskia was verloren. De deur stond op een kier, maar er brandde geen licht op de gang. Toen Leo en Marijn kwamen slapen, lag Saskia nog te huilen. Er zat niets anders op dan het logeerbed naar mijn kamer te verhuizen.

'En nu slapen, hoor.'

'Mama, wat gebeurt er?'

'Oh nee, nu is die ook wakker. Jullie moeten allebei slapen. En niet opstaan voor ik jullie kom roepen.'

Licht uit. Deur dicht.

'Knip het licht aan. Effi, toe.'

'We moeten slapen.'

'Effi, toe.'

Ik knipte het licht aan.

'Ken je die mop van die non die niet wist wat verliefd zijn betekende?'

'Ssst. Mijn moeder zal ons horen.'

'Op een dag kwam ze een pater tegen die haar...'

'Kinderen, nu is het welletjes! Ik wil geen woord meer horen.'

Licht uit. Deur dicht.

'Marijn stinkt,' siste ze.

'Niet waar!'

'Welles. En jij stinkt ook.'

Maar haar bed is in mijn kamer blijven staan. Marijn noemt het nog altijd het logeerbed, al is Saskia de enige die er ooit in slaapt. Vrijdagavond of zaterdagmorgen haalt Leo haar bij haar mama op, en dan komen ze samen hiernaar toe. Het komt wel voor dat Saskia bij haar mama blijft omdat er een feestje is in de familie, of omdat ze bij een vriendinnetje gaat logeren, en dan zie ik Saskia dat weekend niet. De lerares moraal noemt Saskia mijn weekendzusje. Ik had een opstel geschreven over een uitstapje dat we met z'n vieren hadden gemaakt, en de lerares wou weten wie Saskia was. Toen ik het had uitgelegd, zei ze: 'Jij hebt dus een weekendzusje.' Ze glimlachte. Weekendzusje. Ik vind het een mooi woord, maar ik heb het toch niet aan Saskia gezegd. En ook niet aan Marijn.

Saskia zegt dat haar ouders nooit ruzie met elkaar hebben gemaakt. Op een dag hebben ze gewoon ontdekt dat ze voor elkaar als broer en zus waren. 'Ze werden altijd verliefd op andere mensen,' zegt Saskia. En toen is haar mama verliefd geworden op de vrouw op wie haar papa verliefd was, en ze wist dat het menens was. Voor ik Saskia kende wist ik niet dat vrouwen op vrouwen verliefd konden zijn, of mannen op mannen, maar in Zweden, zegt Saskia, kunnen mannen met mannen trouwen, en ze kunnen een kind adopteren als ze dat willen.

'Hoe vrijen mannen met elkaar?'

Dat weet zelfs Saskia niet.

'Gewoon zeker.'

'Hoe gewoon?'

'Nou, gewoon gewoon.'

Saskia heeft met haar mama afgesproken dat ik eens bij hen thuis mag komen, zodat ik kan zien waar ze woont als ze niet bij ons is, maar ze belooft ook al zo lang dat ze me zal wijzen waar haar papa woont als hij niet bij ons is, en het komt er nooit van. Ofwel wil mijn mama net met mij gaan winkelen, ofwel heeft Saskia haar voordrachtklas, ofwel krijgen we bezoek.

'Zou Marijn weten dat jouw mama samenwoont met een vrouw?'

'Natuurlijk weet ze dat.'

Volgens Saskia zal het niet lang duren tussen Leo en Marijn. 'Het duurt nooit lang,' zegt ze. Ze zegt dat wij elkaar dan ook niet meer zullen zien. 'Zo gaat het altijd,' zegt ze. Maar ik denk dat het nog even zal duren tussen mijn mama en haar papa, want er zijn plannen om samen op vakantie te gaan en binnenkort komen de tantes op bezoek. In een onbewaakt ogenblik heeft Marijn hun verteld dat ze een vriend heeft, en nu willen ze hem per se ontmoeten.

'Het spijt me, Leo,' zegt Marijn, 'maar ze hebben het uit me geperst.'

'Het is toch geen probleem,' zegt hij.

Dat zegt Leo vaak. Als mijn mama hem zegt dat ze mijn papa heeft beloofd mee op bezoek te gaan naar zijn moeder, die zwaar ziek is en daarom geen weet mag hebben van de echtscheiding, antwoordt Leo: 'Tuurlijk moet je gaan. Dat is toch geen probleem.' Saskia kan niet begrijpen dat ik niet weet waarom mijn ouders uit elkaar zijn. En ze wil weten waarom ik mijn papa zo weinig zie, maar dat weet ik zelf ook niet. Haar ouders bespreken altijd alles met haar. En ze zijn nooit boos. Toen haar mama Leo in bed zag liggen met Vera, de vrouw die nu haar vriendin is, begon ze niet te schelden of zo, maar ze kroop er gewoon bij. 'Mijn mama wou weten wat het was dat die vrouw had,' zegt ze. Soms kruipen Saskia en ik 's morgens bij Leo en Marijn in bed en dan begint ze. 'Papa, weet jij waarom Marijn weg is van haar man?' 'Papa, vind jij het prettiger om te vrijen met een man dan met een vrouw?' Of ze vraagt of hij en Marijn samen een kind gaan maken. 'Een jongetje. Toe papa, alsjeblieft, ik zal voor hem zorgen. En mama zal ook wel voor hem zorgen. Toe, toe, toe. Als je nog lang wacht is Marijn te oud.' Of ze vraagt of hij het erg vindt dat er haartjes groeien op Marijns borsten. 'Echt waar, papa, er groeien haartjes op haar borsten. Ik heb het gezien. Komt dat omdat haar baarmoeder is weggehaald? Papa, is Marijns baarmoeder weggehaald? Gaan jullie daarom geen kindje maken?' Leo moet altijd luid lachen als Saskia zo op dreef is. Maar soms zegt Saskia: 'Papa, je hebt een dikke buik. Als ik mama was, zou ik ook niet meer met jou willen vrijen. Marijn, vind je ook niet dat Leo een dikke buik heeft?' Marijn weet nooit hoe ze moet reageren. Meestal zegt ze helemaal niets en staat gauw op.

Toen mijn vader nog bij ons woonde, kweekte hij cactussen. Er stond een kweekbak voor het raam en daar bracht hij uren door. Zijn bril – een halve leesbril – schoof altijd tot op het puntje van zijn neus. Als ik aan vroeger denk, dan denk ik altijd aan hoe mijn vader lichtjes voorovergebogen bij zijn kweekbak stond. In de tuin lag het vol met planten die te groot waren voor de kweekbak en die hij niet was kwijtgeraakt. Cactusbloemen kunnen ongelooflijk mooi zijn. Er stonden op mijn kamer minstens twintig cactussen die ik van hem had gekregen en die op verschillende tijdstippen in bloei stonden, maar Marijn heeft ze allemaal weggegooid. 'Ik wil geen cactus meer in mijn huis,' gilde ze. 'Ik ga gillen als iemand het woord cactus uitspreekt.'

Je gilt al, dacht ik. Je gilt altijd.

De tantes waren er toen. God weet wat er gebeurd zou zijn zonder de tantes. Tante Alma nam de kweekbak mee en alle platen van mijn papa en zijn etsen en zijn kleren en boeken, alle spullen die hij nog niet had weggehaald. Tante Yvonne trok een paar handschoenen aan en stopte alle cactussen in een grijze vuilniszak. Marijn gilde.

'Niets wil ik van die man nog in mijn huis. Niets. Niets. Niets.'

Waar was mijn papa? Wat had hij gedaan?

Op een dag was Marijn me na school komen ophalen en had me gezegd dat we niet naar huis konden.

'Waarom niet?'

'Omdat er iets heel heel ergs is gebeurd. Ik kan je niet zeggen wat. Het is zo erg.'

Ze zat achter het stuur te huilen en ik wou dat ze de motor startte en wegreed, want alle kinderen die uit de schoolpoort kwamen, konden haar zien. Ik wou naar huis maar dat kon niet.

'Waar gaan we naar toe?'

'Ik weet het niet. Laten we goed nadenken. Heb jij geld?'

'Honderd frank. Kunnen we niet ergens anders nadenken?'

Die avond sliepen we in het vrouwenhuis, een oud huis aan de rand van de stad vol met vrouwen en kinderen. Er was een gemeenschappelijke keuken en badkamer, en alles was vuil of stuk. Ik had honger maar kreeg geen hap door mijn keel. De volgende nacht sliepen we er opnieuw en de nacht daarop ook, maar mijn moeder kon niet tegen al die vrouwen met hun kinderen. Tante Alma is ons toen komen ophalen en we zijn twee weken bij haar gebleven. Met mijn mama ging het niet goed. Toen we eindelijk terug konden, zag het huis er niet anders uit dan anders. Enkele weken later stond mijn vader me op te wachten aan de schoolpoort. Hij wou weten hoe het met me was en we gingen samen iets drinken. Hij zag er niet anders uit dan anders.

Maar nu is Marijn verliefd en de tantes willen weten op wie. Tante Alma heeft een brief geschreven en ze komen allemaal, tante Mathilde, tante Yvonne, tante Yolande, tante Marie-Josée en tante Alma zelf. Ze willen gaan winkelen, want tante Yvonne moet een nieuw montuur hebben en tante Mathilde wil weten hoeveel leren fauteuils tegenwoordig kosten, en allemaal willen ze de nieuwe mode zien. 'Je weet hoe dat gaat als dorpsmensen naar de stad komen,' schrijft tante Alma. Maar eerst komen ze bij ons een kop koffie drinken om Marijns nieuwe man te zien.

Marijn is door haar tantes grootgebracht. Haar moeder – mijn grootmoeder – is gestorven toen Marijn nog heel klein was. Ze was de jongste van de zes – en de zotste, zeggen de tantes. Iedere zomer ga ik bij de tantes in het dorp logeren, maar Marijn begrijpt dat niet. Zij wou daar zo gauw mogelijk weg. 'Iedereen wist daar altijd alles over iedereen,' zegt ze.

De avond voor het bezoek van de tantes horen Saskia en ik Leo en Marijn in de kamer naast ons. 'Nee, nee, nee,' gilt Marijn. 'Nee, nee, nee. Mijn dochter... mijn huwelijk... mijn... mijn, mijn.'

'Knip het licht aan,' sist Saskia, maar ik trek het hoofdkussen over mijn hoofd en nog hoor ik haar stem die gilt en gilt, nee, nee, nee, en nu ben ik het die gilt, die gilt dat ik niet wil dat er iemand gilt, dat het mijn papa is, mijn papa, ik wil mijn papa.

'Wat is er, wat gebeurt er, Saskia, wat heeft ze, wat heb je tegen haar gezegd?'

'Ik heb niets gezegd. Jullie hebben van alles geroepen. Jullie zijn begonnen.'

Marijn slaat haar armen om me heen en als ze me loslaat is er meteen een ander paar armen. Leo knuffelt me. Leo heeft me nooit eerder geknuffeld.

'Ik ook,' zegt Saskia. 'Ik ook een kusje.'

En we mogen opstaan. We krijgen in de keuken een kop warme melk.

'Toe, Saskia, vertel een mop,' zegt Leo.

En Saskia begint. Er waren eens een Nederlander, een Chinees en een Belg, en de Nederlander... en de Chinees... en de Belg...

Marijn hikt van het lachen.

'Doe nog eens de Chinees,' vraag ik, en Saskia begint opnieuw en het mag van Marijn, ze zegt niet dat we moeten gaan slapen. Het is na twaalven als we alle vier naar boven gaan.

'Als de tantes het wisten,' zegt Leo.

'En jij bent dus Saskia,' zegt tante Alma.

De tantes hebben bonbons meegebracht voor Marijn, en sigaren voor Leo. Saskia en ik krijgen een t-shirt en een reep chocola. We moeten zoenen en worden over ons haar gewreven. Ik voel me een weeskind dat tijdelijk bij Leo en Marijn onderdak heeft gevonden, maar nu blijkt dat echtscheidingen ook tot in het dorp zijn doorgedrongen. Frieda van de sigarenwinkel heeft haar man met de drie kinderen laten zitten, en een zekere Frank is al maanden weg van zijn vrouw.

'Wie had dat van Frank gedacht? Dat was zo'n brave jongen.'

'Ik vond dat altijd een jongen voor ons Marijn.'

'Ge zoudt weer bij ons moeten komen wonen, Marijn. 't Zou daar gezonder zijn voor de kinderen. Zie eens hoe bleek ze zijn.'

'Hoort ge nog iets van hem, Marijn?'

Hem is mijn papa.

'Ssst, Marie-Josée, de kinderen.'

De kinderen zijn wij.

'Zullen we met onze poppen gaan spelen?' vraagt Saskia.

'Blijf maar aan tafel, Saskia, er komt nog dessert. Natuurlijk hoor ik nog van Jeroen. Dat kan moeilijk anders vanwege het kind.'

Het kind ben ik.

De tantes gaan winkelen en Marijn stuurt ons mee. Tante Yvonne moet geen nieuw montuur hebben maar wel een nieuw korset, en Saskia kan haar ogen niet geloven als de winkeljuffrouw de verschillende modellen toont. Ze heeft nog nooit een korset gezien, ze wist zelfs niet dat zoiets bestond. 'Dat moet toch pijn doen!' De tantes lachen want alle vijf dragen ze er een. Saskia mag voelen. 'Zo hard!' 'Dat zijn baleinen.' 'We hebben ook modellen zonder baleinen,' zegt de verkoopster, maar daar wil tante Yvonne niets over horen. 'Een mens moet toch een beetje steun hebben,' zegt ze. Daarna gaan we naar drie verschillende meubelzaken, maar tante Mathilde vindt niets naar haar smaak en we gaan pannekoeken eten.

'Hoe oud moet je zijn om een korset te dragen?' vraagt Saskia.

Daar moeten ze opnieuw om giechelen.

'Eet gij maar goed, kindje, dan zijt ge gauw oud genoeg.'

We krijgen nog een pannekoek en plotseling gooit Marie-Josée het eruit: 'Saskia, hebt gij een mama?'

'Twee zelfs,' zegt Saskia. 'De één heet Linda en de ander heet Vera. En ze slapen in hetzelfde bed. En soms mag ik er ook bij. Linda en Vera en Saskia.'

De tantes lachen hard. Hun boezems schudden en hun parelsnoeren en gouden kettingen gaan op en neer.

'Zoudt ge ook graag komen logeren bij ons, Saskia?' vraagt tante Alma. 'Dat is toch prettiger met uw tweeën. Ge moet het eerst aan uw papa en uw mama vragen, natuurlijk.'

'Oh ja,' zegt tante Mathilde. 'Ja,' zegt tante Yvonne en 'ja' zeggen tante Yolande en tante Marie-Josée, en dus zeggen wij ook 'ja'. En het mag. Het mag van Linda en het mag van Leo en het mag van Jeroen en het mag van Marijn. Samen schrijven we een brief naar tante Alma. Het mag. We komen. Maar ik vind het wel een beetje vreemd, want ik ben gewend om Saskia alleen tijdens het weekend te zien, en de tantes en het dorp ken ik al jaren en jaren. Ik kan me niet goed voorstellen hoe het zal zijn met haar erbij.

'Wat heerlijk voor jullie, een vakantie samen,' zeggen Leo en Marijn.

'En wat heerlijk voor jullie,' zegt Saskia, 'twee weken zonder kinderen.'

Maar dan kruipt ze op Leo's schoot en vraagt of hij haar zal missen. 'Als je wil blijf ik thuis bij jou.'

Maar Leo en Marijn hebben andere plannen. Ze willen enkele dagen naar Wenen of Praag of Berlijn. In augustus gaan we met z'n vieren op vakantie, en Saskia gaat ook nog een week met Linda naar zee.

'En jij? Ga jij met je vader op vakantie?'

'Nee.'

'Waarom niet?'

'Daarom niet.'

Ik zie mijn vader nooit langer dan twee of drie uur achter elkaar. Ik kan niet bij hem blijven slapen, want hij heeft geen bed voor mij in zijn appartement. Er is zelfs geen plaats voor zijn kweekbak. Saskia vindt dat het voor haar beter is geregeld. Zij heeft op drie verschillende plaatsen een bed: bij haar mama, bij haar papa en bij ons, maar dat zou ik niet willen. Saskia is voortdurend kleren en boeken kwijt, want ze kan niet onthouden wat ze waar heeft achtergelaten.

Als ik bij de tantes ga logeren, is er de eerste drie, vier dagen alleen tijd voor familiebezoek. Allemaal willen ze me zien omdat ik de dochter ben van Marijn, en de kleindochter van Isabelle. 'Als ik dat kind zie lopen,' zeggen de mensen die mijn grootmoeder hebben gekend, 'dan is 't precies of Isabelle terug is.' Ofwel zeggen ze: 'Helemaal haar moeder. 't Is niet te geloven dat een kind zo op haar moeder kan lijken.' En ze geven me geschenkjes mee voor Marijn, gelei, of een tafelkleed of ingemaakte peren. Maar als de bezoekjes achter de rug zijn, kan ik doen wat ik wil. In de schuur bij tante Alma staan oude fietsen en dan rij ik langs het jaagpad naar de watermolen en het rad dat water schept en uitgiet, schept en uitgiet, zodat je er lang naar kan blijven kijken, want je vraagt je af of het zal ophouden maar het houdt niet op. Bij de brug komen de kinderen van het dorp samen en worden er afspraken gemaakt voor tochten, of wordt er gewoon wat gekletst. Vorig jaar plaagden de tantes me met Marius, een magere, opgeschoten jongen met zwarte krullen. Ze zeiden dat het voor hem was dat ik altijd naar de brug fietste en dat ik verliefd op hem was. Op den duur durfde ik Marius niet meer aan te kijken want ik was bang dat ik zou kleuren. Er zijn altijd koppeltjes bij de brug, en in het gras achter de watermolen wordt er gevrijd, maar ik vind mezelf daarvoor te jong. En ook zou ik daar nooit in het gras willen gaan liggen, want ik moet altijd denken aan mijn grootmoeder, Isabelle, die ze bij de brug hebben gevonden, jaren en jaren geleden, lang voor ik of Marius waren geboren. Tante Alma heeft het me wel honderd keer verteld. Isabelle was een wilde. Zo zeiden de mensen dat. In de kerk preekte de pastoor tegen haar. Ze was een slecht voorbeeld. Een rotte appel. En de andere kinderen moesten uit haar buurt blijven, hun ouders moesten daarvoor zorgen. En toen is ze zwanger geworden, van wie wou ze niet zeggen. Ze was nog geen zestien jaar. Het hele dorp sprak er schande van. Haar moeder heeft haar naar het klooster gestuurd en wou niets meer met haar te maken hebben, maar haar zussen zijn haar gaan bezoeken toen het kindje er was en hebben het meegebracht naar huis om ervoor te zorgen. Isabelle hebben ze ginder moeten laten want die was niet goed, die zag overal rupsen, ze huilde en zag rupsen en ze gilde, en zag rupsen. Op tafel, in haar eten, in haar bed, op haar kleren, in haar haar. Op een dag is ze uit het klooster weggelopen en een week later hebben ze haar lijk gevonden. Bij de brug. Het was daar blijven haken aan een van de pijlers. Ze had geen kleren aan en haar haar stroomde over haar gezicht. Of ze geen gezicht had. Ze had lang bruin haar. Zoals Marijn. Zoals ik. Als ik bij de brug sta, dan denk ik daar vaak aan. Ze was nog geen drie jaar ouder dan ik nu. Ik vind het vreemd dat ik daar sta te praten en dat je het niet kan zien aan de brug dat haar lijk daar is blijven haken, maar toch fiets ik graag naar de brug want alle kinderen komen er. Iedereen in het dorp weet wat er is gebeurd toen, en binnenkort zal Saskia het ook weten want tante Alma vertelt graag. Ze heeft een album met foto's van de hele familie en 's avonds vertelt ze over hen. Mijn moeder kan niet tegen al die verhalen. 'Omdat ze mij uit dat klooster zijn gaan halen, hoef ik dat verhaal niet mijn leven lang drie keer per dag te horen,' zegt ze. Tante Alma is nooit getrouwd geweest en daarom heeft zij het meest voor Marijn gezorgd. Zij was de oudste en haar zussen hadden kinderen van hun eigen. Zo zegt tante Alma dat. Van hun eigen.

De laatste zaterdag van het schooljaar moet ik kiezen: ofwel ga ik naar Saskia's schoolfeest, ofwel naar mijn papa. Saskia wil dat ik meekom want ze treedt helemaal alleen op, en ik zou haar mama kunnen zien en Vera, die misschien zwanger is want ze heeft zich vorige maand laten insemineren, maar als ik nu niet naar mijn papa ga, dan zie ik hem twee maanden niet.

'Ik weet toch wat je gaat doen,' zeg ik. Ik heb haar thuis het nummertje eindeloos zien instuderen.

'Het is anders met de belichting en de kostuums.'

'Nee,' zeg ik, 'ik ga naar mijn papa.'

'Kan je niet zondag gaan?'

'Mijn mama zegt dat ik zaterdag moet gaan.'

Ik heb een cactus voor hem gekocht en ik wil hem die geven. Mijn mama brengt me met de wagen tot bij de ingang van het appartementsgebouw. 'Om vijf uur kom ik je ophalen.' Ik wuif haar na terwijl ze wegrijdt. Mijn papa is blij met zijn cactus. Ik laat hem mijn schoolrapport zien en hij zegt dat het goed is dat ik mijn best doe. Hij heeft cola en chips gekocht en we kijken samen naar de televisie. Er zijn tekenfilms, dan een western en dan nog een programma van de schooltelevisie. Om vijf voor vijf brengt hij me naar beneden. 'Doe veel groetjes aan je moeder,' zegt hij. Als de auto van mijn mama voor de deur stopt, sta ik alleen te wachten op het trottoir. Ze vraagt niet hoe het met mijn papa was en ik breng zijn groetjes ook niet over. 's Avonds is Saskia erg op dreef. In de kleren van de voorstelling, de make-up nog op, verzorgt ze een extra optreden.

'En nu,' zegt ze, 'het grote nieuws. Vera is zwanger. Ik krijg een zusje of een broertje of iets dat erop lijkt. Mag de baby ook hier komen? Toe, Marijn. Welke naam vind je dat de baby moet krijgen? Zal jij een papa voor hem zijn, Leo?'

's Avonds in bed vertel ik haar dat mijn mama haar papa ook nooit heeft gekend, en de volgende dag flapt ze het er al uit.

'Marijn, is het waar dat jouw mama overal rupsen zag? Ben je niet bang dat jij ook overal rupsen zal gaan zien?'

'En jij Saskia, ben jij soms niet bang dat je een pak slaag zal krijgen?'

'Marijn is boos, Marijn is boos,' zingt Saskia.

'Hou op Saskia.'

'En Leo is ook boos. Leo en Marijn zijn boos. Ze gaan samen naar Praag en toch zijn ze boos.'

Maar ik denk aan mijn grootmoeder die nooit een grootmoeder is geworden, die altijd een meisje is gebleven. Een meisje met stromen haar over haar gezicht.

'Zal je goed luisteren naar tante Alma? En vriendelijk zijn? En beleefd? Jij ook Saskia? Beloofd?'

We beloven het.

Alle ooms en tantes, neven en nichten willen ons zien, en overal krijgen we limonade en koekjes en chocola, en Saskia moet iedere keer opnieuw zeggen wat ze vindt van het dorp. En 's avonds toont tante Alma ons haar album, foto's van haar zussen en haar ouders, en van de boerderij die verkocht is, en van de man op wie ze jaren verliefd is geweest maar die met een ander is getrouwd, en heel veel foto's van Marijn en van de kinderen van haar zussen en van hun kinderen. 'Ik hou dat allemaal bij,' zegt ze, 'ik heb daar de tijd voor.' De tweede avond al vertelt ze Saskia over mijn grootmoeder, en Saskia laat niet merken dat ze het verhaal al kent. 'Rupsen?' zegt ze. 'Ja,' zegt tante Alma, 'rupsen.' Als we even niemand hoeven te bezoeken en eindelijk kunnen gaan fietsen, zijn er al vijf dagen voorbij. Ik mag niet vergeten dat ik om te remmen achteruit moet trappen, en het zadel van Saskia's fiets staat te hoog maar de moer is vastgeroest. We fietsen langs het jaagpad naar de brug. Ik zie mijn vrienden al van ver, wuif en zij wuiven terug. Ik hoef Saskia niet meer voor te stellen want ze hebben allemaal al van haar komst gehoord. Ze zijn onwennig omdat Saskia nieuw is en ze mij een jaar niet hebben gezien, maar morgen is dat over, weet ik, en doen ze gewoon. Marius is er ook en ik kleur natuurlijk en hij kleurt ook een beetje. Om tien uur is het tijd om naar huis te fietsen en te gaan luisteren naar tante Alma die vertelt uit haar fotoalbum. De volgende dag begint het opnieuw, familiebezoek, ijsjes, koekjes, limonade, fietsen naar de brug, en dit jaar denk ik dat ik echt een beetje verliefd ben op Marius en Marius op mij, maar Saskia vindt Marius nog een kind en ze wil niet meer mee naar de brug. Ze zegt: 'Ga jij maar. Ik blijf hier. Het zijn daar allemaal kinderen.'

'Toe, Saskia, kom mee.'

'Ik heb geen zin. Dat zadel doet zo'n pijn tussen mijn benen. Morgen kom ik. Maar niet vandaag.'

Ik zou kunnen weten wat ze van plan is, maar ik geloof wat ze zegt en fiets naar de brug en blijf kletsen. Als ik thuiskom, zit ze samen met tante Alma over het album gebogen. Ik hijg een beetje van het fietsen, ga erbij zitten, luister met een half oor, denk aan Marius. In bed zegt ze het. Ze hoeft niet bang te zijn want het is nog licht buiten en de gordijnen zijn halfopen en ze zegt het. Ze zegt: 'Ik weet alles over je vader. Wil je het weten?' Ik weet niet of ik het wil weten maar ze zegt: 'Kom bij mij in bed.' Ik ga bij haar in bed liggen. Ze is heel lief nu, ik moet in de holte van haar arm gaan liggen. 'Alma heeft het me verteld. Ik mocht het niet aan jou vertellen. Marijn mag niet weten dat ik het weet. En zeker niet dat jij het weet. Beloofd?' 'Beloofd.' Ze fluistert het in mijn oor. Het is erg snel verteld. Een leerlinge van mijn moeder. Dertien jaar. De man van tante Mathilde heeft mijn papa uit de gevangenis kunnen houden.

'Begrijp je nu alles? Blijf maar hier slapen bij mij. Ik zorg wel voor jou.'

Er is niet veel te doen in het dorp. Altijd de familie. En limonade. En koekjes. En Saskia die met tante Alma over de familie praat. Verhalen die ik al duizend keer heb gehoord. Ik fiets niet meer naar de brug, ik blijf weg van de rivier, van de watermolen en van het jaagpad. Die oude fietsen deugen niet.

'Hebt ge ruzie met Marius?' vraagt tante Alma.

'Nee.'

'Ja dus.'

Saskia probeert lief te zijn en ik mag iedere nacht bij haar in bed slapen. 'Ik zorg wel voor jou,' zegt ze altijd. Voor het eerst in mijn leven verveel ik me in het dorp. Ik bel Marijn die terug is uit Praag. Was het prettig? Heel prettig. Nog drie dagen en dan komt ze ons halen. Is alles goed met ons? Ja, ja. Of ik een vriendje heb? Ik? Nee, en Saskia ook niet. En dan komen ze ons ophalen, Leo en Marijn, en eerst wordt er nog koffie gedronken en taart gegeten en alle tantes komen dag zeggen. Leo knuffelt Saskia alsof hij haar in maanden niet heeft gezien, en mij knuffelt hij ook, en ook van Marijn krijgen we allebei een kus. En dan moet Saskia natuurlijk een mop vertellen. Ze trekt haar ogen wijd open zoals ze altijd doet als ze gaat vertellen en zegt: 'Er was eens een man, en er was eens een vrouw en die waren verliefd op elkaar.' En ze proest het uit, en nu moet ik ook lachen. We kijken naar elkaar en buigen dubbel van het lachen. We lachen zo hard en luid dat we ervan moeten huilen. Tranen rollen over onze wangen.

Opgegeild

Hoog op de plank buigt de duiker licht het hoofd, versteent secondenlang. Warreling van kleurvlekken en schel geschreeuw, maar wie hem opmerkt verstilt.

De vrouw in dit tweeluik leunt tegen een metalen balustrade en wacht. Harde tepels, blond geheven hoofd, paarse lippen. Ze heeft het koud. Toch is ze benieuwd. Hoopt vaag.

In Brazilië duiken jongetjes van twaalf voor één dollar honderd meter diep. In de Filippijnen laten ze zich naaien voor het dubbele van dit bedrag. Ik benijd koeien in een wei, die zodra onweer dreigt een kudde vormen onder een boom, hun warme lijven zij aan zij. In Peru delen mens en dier hetzelfde huis, dezelfde stal. Ongedierte en stank, warmte en geborgenheid. De prijs voor hygiëne is hoog, eenzame mensjes in kale flats, wit fonkelende badkamers, gebrom van afwas- en wasmachines, verder alles stil. Chloor in het zwembad, rode ogen en uitgedroogde huid, maar antiseptisch en bacterievrij. Hoeveel mensen zouden plassen in zo'n bad? Je hebt er geen idee van, mensen die de hele dag verdwijnen naar hun werk, hun hond achterlaten op hun flat, opgesloten in de badkamer, hem daar zijn behoefte laten doen. De stank, het gehuil, ondraaglijk voor de buren onder, boven, links en rechts, maar het gebeurt, vaker dan je denkt. Mensen willen stank en vuiligheid. Willen zichzelf en anderen kunnen ruiken. Om niet alleen te zijn. En dus maken ze kinderen, die ze dan ook weer opsluiten in badkamers of keukens of kelders en laten huilen urenlang, soms is er eentje plotseling stil, wordt nooit meer gehoord. Een lijkje. Het stinkt al gauw. 'Wrijf eens over mijn lul,' zegt een man tegen zijn vrouw, 'ik voel me zo aseksueel.' Zij doet wat hij vraagt, maakt het dier in hem wakker, de mens. Zonder voorspel, zoenen of gestreel neemt hij haar, een herder die zijn schaap besluipt, zijn broek laat zakken en stoot. Het is goed dat dit kan, dat dit mag in hun echtelijke bed, hun stal. Zij is zijn wijfje, weet niet waar zijn lijf begint en het hare eindigt, slaat overdag armen om kinderlijfjes, 's nachts benen om hem. Voor liefde gaan ze naar Parijs of op cruise naar een ver exotisch land. Jezus werd geboren in een stal. Geur van mest en hete adem van een ezel en een os, zijn hemel op aarde, zijn aardse paradijs.

De duiker laat de plank veren, wordt hoger en hoger teruggekaatst, lijkt de hemel in te duiken. Een tweede duiker klimt de ladder op, kiest de lagere springplank, treedt in de schaduw van de eerste. De ogen van de vrouw schieten naar de nieuwe figuur die zich voorbereidt op zijn sprong, diep door de knieën buigt, het hoofd tussen de armen legt, hoofd en armen naar voren en beneden richt. Zijn lijf vormt een letter z, lenden en knieën zijn scharnieren waaromheen het zich plooit. Zo stort hij zich naar beneden. Zijn lichaam blijft gevouwen, snijdt een winkelhaak in de lucht, armen worden ingetrokken in plaats van uitgestrekt. Hij is de denker van Rodin die van zijn voetstuk kantelt, een foetus op weg naar de moederschoot, het water door, de aarde in. Het kan niet anders of dit doet pijn. De vrouw telt de seconden tot hij boven komt, hurkt dan bij de rand van het bad waar hij naar adem snakt. Hij hijgt, zijn voorhoofd ziet rood, ze raakt het met haar vingertoppen aan, glijdt het water in naast hem, beroert met haar lippen de rauwe plek. Ze drukt zich tegen hem aan. Dit is het mannetjesdier dat ze wil, met hem zal ze paren. Achter hen de plons van de eerste duiker die eindelijk het water heeft bereikt, maar ze kijken op noch om. Kom, zegt ze, kom. Ze maakt zich los, zwemt snel als een aal naar het laddertje, is te snel voor hem die van zijn val moet bekomen. Ze reikt hem haar hand, helpt hem het water uit. Als een zeehond op het droge spartelt hij op de rand van het bad. Ze lacht hem uit, kietelt met haar tenen zijn navel, dan ook zijn geslacht. Een hoge, heldere lach. Ze verdwijnt. Hij wil haar volgen onder de douche, haar badpak afrollen en laten slingeren in een hoek, haar voelen en zoenen, een nieuwe huid geven, maar hij wordt boos verjaagd door de vrouw die over de badhokjes waakt. Geduld. Leren wachten. Gehuld in dierehuiden mensenkleren wacht ze hem op, neemt hem mee naar haar huis, haar hol. Drie dagen en nachten komen ze niet uit bed, tot honger hen naar de supermarkt drijft.

In Amerika, zegt ze, in de Verenigde Staten van Amerika blijven de supermarkten ook 's nachts open. Wie niet kan slapen, kan in wit neonlicht een karretje langs kleurige koopwaren voortduwen. Eenzaamheid wordt een verre herinnering als ook de meest fatsoenlijke huisvrouw in het holst van de nacht haar huis uit kan om op pad te gaan, niet om de hoer te spelen maar om inkopen te doen voor man en kind, een praatje te maken met de vrouw aan de kassa of met de man die ze bij de blikken dierenvoeder treft. Ze kucht. 'Houdt uw poes ook zo van x?' Ze moet de vraag herhalen, het antwoord verrast. 'Ik heb geen poes, wel een aapje. Wilt u het zien? Ik woon om de hoek. Ik kan haar niet te lang alleen laten, ze is zo eenzaam zonder mij.' Bij de diepvriesprodukten zoenen ze elkaar. Zijn hand schuift onder haar rok over haar dij naar boven tot bij de rand van haar kous, langs haar jarretel tot op haar buik en dan omlaag naar haar schaamhaar. Haar poes. Zo wil ze het. Ze wil genomen worden, vernederd. Zou het kunnen hier? Iemand komt de gang in, duwt zijn karretje voorbij het hijgende paar, let niet op hen of doet alsof. *It takes all kinds*. Maar de baas van het aapje is afgeleid, verliest zijn interesse, haalt zijn hand van onder haar rokken, ruikt aan zijn vingers, likt ze schoon. 'Mijn aapje houdt niet van de geur van kut. Ze is zeer jaloers. Bent u zindelijk?' Ze kleurt hoogrood, neemt zich voor dit nooit, nooit meer te laten gebeuren, voelt zich vuil, besmeurd, alsof hij een drol in haar slipje had gelegd. Hij zet zijn tanden in haar hals, knijpt haar in beide borsten, dan ook nog in elke bil, ze is gemerkt en mag nu gaan. 'Spinazie,' denkt ze, 'nu ik toch hier ben. De kinderen zijn er gek op. Diepvriesspinazie, handig, gauw klaar en misschien ook nog gezond.' Ze graait in de diepvrieskist, stuit op een pakje slakken in knoflookboter, neemt het mee voor haar man, hij wordt zo graag verrast. Bij de kassa staat hij die even haar minnaar was. Hij laat haar voorgaan, knikt hoffelijk. Een gentleman. Hij heeft waspoeder gekocht en een bijtend middel dat w.c.-potten weer wit doet glanzen. Een vriendin van haar heeft al jaren een relatie met de kok van een Turks restaurant. Dat gaat als volgt. Het restaurant ligt op een boogscheut van de echtelijke woning, ze eten er vaak. Na het voorgerecht verlaat de vrouw het gezelschap – haar man en/of kinderen en/of vrienden/kennissen – om zich op te frissen. De keuken ligt naast het toilet, PRIVÉ staat op de deur, maar zij gaat naar binnen zonder te kloppen, prijst de gerechten, licht een deksel van een pan, ruikt, kijkt. De kok komt achter haar staan, schort haar rok op, vingert haar brutaal. De peper en kruiden die aan zijn vinger kleven, branden in haar kut. Hij ademt zwaar in haar nek, zijn geslacht pookt als een staaf in haar rug. Ze draait zich om, wil zoenen maar daarvoor heeft hij geen tijd – het restaurant zit vol, de klanten hebben haast. Met zijn ene hand duwt hij haar tegen de muur, met zijn andere knoopt hij zijn broek los. De vrouw zakt naar beneden, lager en lager, tot ze ligt. Ze passen precies tussen de tafel, de muur, het fornuis en de bak met verse groenten. Daar doen ze het. Even ligt hij zwaar op haar, staat dan op, knoopt met de ene hand zijn broek toe, grijpt met de andere de houten lepel waarmee hij aan het werk was toen zij de keuken binnenkwam. Nog nooit werd tussen hen een woord gewisseld. Ze heeft geen idee van waar hij woont, of hoe hij heet. Wenst dit ook niet te weten. Als morgen het restaurant sluit, is hij voor haar verdwenen. Ze wil een stuk vuil zijn waarop wordt gepist. Gekakt. Dat is wat hij haar geeft en waarvoor zij hem betaalt. Hun rekening is altijd veel te hoog. Ooit krijgt haar man het in de gaten en is alles voorbij. Haar man is gierig. Gierig en dom. Als ze vrijen wil hij dat ze klaarkomt. Hij is lief, geduldig, teder. Meestal valt ze halverwege in slaap.

'Waarom vertel je me dit?' Fluisterend, strelend.

'Het windt me op.'

'En ik, wind ik jou op?'

'Niet jij maar wel je tepels, je buik, je pik.'

Ze wonen nu negen dagen in haar bed. Als ze bij hem ligt is het of ze door water glijdt. Soms is het of ze zich gelukkig voelt. Ze zegt: 'We moeten minder neuken. Ik wil je geiler, hitsiger, niet zo braaf.'

'Wat doen we dan?'

'Praten. Jij begint. Ben je bang voor de dood?'

'Als de dood.'

'Zou je voor me sterven? Als je wist dat je stierf als je je angel in me stak, zou je het dán doen? Ja?'

Hij antwoordt niet. Glimlacht. Ze begint een nieuw verhaal.

Een vrouw.

'Ik heb geen slip aan,' zegt de vrouw.

Ze zit aan tafel met haar man en met hun beste vrienden en met de bijna beste vrienden van hun beste vrienden. De beste vrienden van hun beste vrienden zijn zij. Ze hebben alleen gemeenschappelijke vrienden, zo lang zijn ze al getrouwd. Ze hebben hen hiërarchisch ingedeeld. Met sommige vrienden gaan ze naar de bioscoop maar niet uit eten. Met sommige vrienden gaan ze uit eten maar niet op vakantie, met andere gaan ze voor een weekend samen weg, maar niet voor een week. Enzovoort. Maar dit zijn hun allerbeste vrienden. Met deze vrienden doen ze alles samen. Het toeval wil dat deze allerbeste vrienden ook hun buren zijn. Een gelukkig toeval. In de haag tussen beide tuinen zit een gat waar ze doorheen kunnen kruipen. Dit doen ze een enkele keer, maar meestal gaan ze door de voordeur bij elkaar naar binnen. En nu zegt zij tegen de mannelijke helft van hun allerbeste vrienden, die toevallig ook hun buren zijn: ik heb geen slip aan. Er is voldoende geroezemoes aan tafel om alleen hem de mededeling te laten opvangen. Hij heeft begrepen wat ze zegt maar denkt: zij kan dit niet hebben gezegd. Maar ze zegt het opnieuw: ik heb geen slip aan, alleen dit shortje. Het is zomer, een lange hete zomer. Augustus is bijna voorbij en het mooie weer duurt al vier maanden lang. Heel af en toe is het bewolkt en valt er regen.

Enkele druppels. Ze eten buiten in de tuin bij het licht van fakkels. De muggen gaan als gekken tekeer. De vrouwelijke helft van hun allerbeste vrienden draagt een blouse met een hoge halssluiting en lange mouwen, een lange broek en kousen. Ze is allergisch voor insektebeten. Maar niemand stelt voor om binnen te gaan eten. De donkere tuin, de schaduwen die de struiken en bomen er werpen, het gegons en gezoem zijn veel te spannend. Eerst waren ze buren, daarna vrienden die samen naar de bioscoop gingen; toen vrienden die samen uit eten gingen; toen vrienden die samen op weekend gingen; toen vrienden die samen op vakantie gingen; toen vrienden die alles samen deden. En nu ook dit dus. Ik heb geen slip aan. Het zou niet omgekeerd hebben gekund. Ze zouden nooit gaan wonen naast vrienden, zelfs niet naast hun allerbeste vrienden. En ze zouden nooit toelaten dat vrienden het huis naast het hunne betrokken. Ze zouden geen veto kunnen uitspreken, maar ze zouden het afraden. Ontmoedigen. Ze zijn op hun privacy gesteld. Er staat tussen beide tuinen een hoge haag. Dat hoort zo. Zelfs toen ze elkaars allerbeste vrienden waren geworden lieten ze die staan. Het gat in de haag is door de kinderen gemaakt – zij hebben er twee, een jongen en een meisje, de buren hebben er drie, twee meisjes en een jongen, ze kunnen het goed vinden met elkaar, gelukkig maar. De op hen na beste vrienden van hun allerbeste vrienden zijn niet echt vrienden van hen. Eerder kennissen die ze ontmoeten bij hun allerbeste vrienden als dat zo uitkomt, maar verder gaat het niet. Hoeft ook niet. Ze hebben ieder recht op hun eigen leven en vrienden. Hun eigenheid. En nu dit: ik heb geen slip aan, alleen deze short, enkele vierkante centimeters fijne textiel. Kijk me na als ik opsta. Ze staat op, loopt op hoge benen naar het huis en als ze bijna de lichtgrens heeft bereikt, trekt ze de pijpen van haar short op, toont hem de ronding van haar billen, kijkt over haar schouder of hij kijkt, stapt dan de duisternis in. Op de w.c. telt ze zeventien muggebeten. De vrouwelijke helft van de bijna beste vrienden van hun allerbeste vrienden heeft een bruine pukkel op haar neus waar een haar op groeit. Dank u God, dank u mama, dank u papa, dat ik zonder dergelijke verminking op de wereld ben gezet. Ze telt tot twintig, spoelt door, keert terug naar de tuin en de muggenplaag. De vrouw met de pukkel op haar neus heeft de stoel bezet waarop zij daarnet zat. 'Het geeft toch niet?' 'Nee, nee.' Ze heeft geen keuze, gaat naast haar echtgenoot zitten, legt haar hand op zijn dij, zoent zijn wang, ruikt de after-shave die zij voor hem heeft gekocht. Na het etentje moet ze wachten. Zelfs al zijn ze allerbeste vrienden, zelfs al zijn ze buren, ze zien elkaar niet iedere dag, ook niet iedere andere dag, soms gaan er tien dagen voorbij zonder dat ze elkaar zien. Zo ook nu. Ze zien elkaar dan wel in en uit auto's stappen, boodschappen aanslepen, andere vrienden ontvangen, de post uit de brievenbus halen, maar knikken elkaar alleen maar toe. Door een samenloop van omstandigheden zien ze elkaar na het etentje in de tuin bij het licht van de fakkels en het gezoem van de razende muggen, dertien dagen niet. Een ongeluksgetal. Dan heeft hij kaartjes voor een concert. Het is nog altijd warm maar dit keer kleedt ze zich in een lange zwarte rok, een niet doorschijnende blouse, een ceintuur die ze erg strak om haar middel spant. Ze krijgt er pijn van in haar buik. Geen kousen, daarvoor is het te warm. Een b.h.? Geen b.h. In het café na afloop van het concert schudt ze haar rode naaldhak uit en aait met haar blote voet zijn been, kruipt met haar tenen langs zijn kous onder zijn broekspijp tot halverwege zijn kuit. Hoger komt ze niet. Zijn gezicht verraadt niet wat er onder de tafel gebeurt. Zou ze hem een zin geven, een krabbel op een bierviltje? Nee, dit volstaat voor vandaag. Thuisgekomen wendt ze hoofdpijn voor en schrijft hem een brief. Dit zijn de zinnen die ze hem geeft. De muren die onze huizen, onze kamers scheiden zijn van papier. Ik hoor je ademen. Ik voel waar je bent. Geen ogenblik kan ik jouw aanwezigheid vergeten. Zo vlak bij mij en toch onbereikbaar. Soms is het of je hand op mijn lichaam wordt gelegd , of jouw adem het streelt. Als de brief af is vouwt ze hem en stopt hem onder in een la. Morgen zal ze hem posten, maar nu gaat ze naast haar man liggen en streelt zijn buik tot hij zich naar haar toe draait. 'Ik dacht dat je hoofdpijn had.' 'Ik wil je nu, nu, nu.' Hij denkt: voor welke fantasie word ik hier gebruikt? Maar neukt haar toch. Haar kut is lekker en vertrouwd. Hij is er thuis. Een week later zegt ze tegen haar buurman en mannelijke helft van hun allerbeste vrienden: 'Wat vond je van mijn brief?' 'Leuk,' zegt hij. 'Wat wil je nog meer,' vraagt ze, 'voor ik je krijg waar ik je hebben wil?' 'Ik hou van mijn vrouw,' zegt hij. 'Jij bent haar allerbeste vriendin, ik je allerbeste vriend.' Hij glimlacht, legt een zoen op haar wang. Ze gaat naar huis en zint op wraak. Ze raadpleegt een heks. Er moet toch iets zijn dat deze koele man niet kan weerstaan.

'Wat?'

'Weet ik niet. De buurman is een hopeloos geval. Jezuïetenschool. Kan niet genieten. Schuld en boete, zonde, wroeging. Hoe laat is het?'

'Tien voor vier.'

'De school is uit.'

'Wat zeg je?'

'Vroeger ging de schoolbel om tien voor vier. Vrijheid.'

'Trek in een vieruurtje?'

'Nee. Luister.'

Een man.

Hij heeft geen naam deze man, we noemen hem 'man'.

De man dwingt zijn vrouw, die pas hun eerste zoon heeft gebaard, om ook een lammetje te zogen. Hij wil haar daarmee straffen voor het onrecht dat ze hem in zijn ogen heeft aangedaan, want ooit heeft zij met de schaapherder van het dorp gemeenschap gehad. Het lam, zo redeneert hij harteloos, staat symbool voor het kind dat uit dit overspelige bed geboren had kunnen worden. De vrouw buigt haar hoofd en aanvaardt haar straf. Ze bekent op die manier haar schuld. Dit gebeurt in een ver, Afrikaans land. De man meent het niet echt, wil haar vooral bang maken. Hij is blij met de geboorte van zijn zoon en trots op zijn vrouw, de moeder van zijn kind. Hij wil haar alleen zijn overmacht laten voelen, haar tonen wie de baas is in huis. Zij, bang en gedwee, neemt het lam in haar armen en legt het aan. Het dier drinkt gulzig, bij zijn moeder was het gewend veel harder te moeten zuigen. Het beeld van zijn vrouw met het lam windt de man vreselijk op. Nooit eerder heeft hij zich zo geil gevoeld. Hij neemt haar terwijl het lam nog aan haar tepel hangt. De volgende dag dwingt hij haar opnieuw en opnieuw en opnieuw. Hun zoontje huilt hongerig, zijn ouders paren. De vrouw durft met niemand over haar schande te praten. Na drie maanden vindt ze dat ze genoeg heeft geboet, maar de man denkt er anders over. Hij wil meer. Wat hij nooit heeft verwacht gebeurt toch: de vrouw stapt naar de rechter en eist gerechtigheid. Die krijgt ze, maar in de nacht dringt haar schoonfamilie in haar hut, bindt een molensteen om haar en haar kind, en gooit hen in de rivier. Het lam en de man blijven in leven.

'Waarom?'

'Daarom. Denk je dat we nu kunnen neuken?'

'Ik zal je likken. Jij vertelt.'

En nu zegt ze iets vreemds. Eigenlijk had ze willen zeggen: 'Doe dat niet, het leidt me af.' Maar ze zegt: 'Trouw met mij.'

Hij zegt: 'Trouwen is houwen,' en duwt zijn hoofd tussen haar benen, sabbelt aan haar kut. Ze ziet alleen zijn haar maar niet zijn ogen, kan dat niet verdragen. Ze zegt opnieuw: 'Trouw met mij. Red mij.' Ze kijkt angstig. Klinkt ook zo. 'Red me.' Ze grijpt met haar handen naar haar hoofd. Hij kijkt op.

'Waarvan?'

'Van dit. Mijn hoofd. Hersenspinsels. Fantasie.'

Zijn ogen verdwijnen opnieuw tussen haar benen.

Ze zegt: 'Doe dat niet, je leidt me af.'

Een vrouw. Ze heet meisje, deze vrouw.

Het liefst wil ze handen op haar borsten, ergens in een schuur, broeierig, troebel, een gezicht dat nauwelijks te onderscheiden is in het halfduister, ze noemt hem oom. Hij roept haar, eist haar op, ze weigert nooit, ze is van hem, zijn lievelingsnichtje, zijn zachte lieve zoete om in te bijten en aan te knabbelen. Hij drukt haar tegen een muur, als ze niet beweegt doet het misschien geen pijn. Soms krijgt ze iets van hem, een ijsje om aan te likken of een stukje marsepein. Het wordt nooit afgemaakt. Er wordt nooit te ver gegaan. Hij moet oud zijn nu, kaal, dik, ze heeft hem nooit meer gezien, hij heeft haar nooit gebeld, geschreven, opgezocht. Toen haar moeder – zijn zus – begraven werd, was hij er niet. Ze wil naar hem toe. Ze wil hem tonen hoe ze geworden is. Ze zou hem iets kunnen geven nu, ze zou niet stilstaan, verlamd, gevoelloos, doof, blind, stom. Nu weet ze hoe het hoort, ze kan neuken als een grote. Een echte. Kijk hier en hier. Dit is waarvan ze gered wil worden. De angst dat ze naar hem terug zal gaan, dat ze denkt: ik ben van hem. Dit is wat ze verwacht van de man die in haar bed woont. Red me. Eigen je mijn schoot toe, mijn lijf mijn leven, zodat het niet meer is van de man in de schuur die mij riep, naar wie ik kwam.

Ze biedt hem ook dit verhaal, zegt niet: dit is geen verhaal, of dit is het ene ware verhaal. Maar hij is niet doof, blind of stom. Hij zegt: als ik kon, kneedde ik jou tot kind. Ik zou je de zee laten zien. Niemand zou je grijpen. Maar ze lacht hard en koud, als een vrouw in haar verhalen. Het waren woorden, een verhaal, jij sul. Ik schop je uit mijn bed, jij bent geen man, ik heb de verkeerde duiker gekozen. Maar later huilt ze, smeekt hem haar te redden, kreunt: ik hou van jou, ik hou van jou. Hij zegt: het was leuk je te leren kennen. Je bent een geinige griet. Licht geschift, licht beschadigd, maar nog best bruikbaar voor een nacht of tien. Dertien, gilt ze en trekt aan zijn haar, dertien dagen en nachten lig je hier, maak ik jou klaar.

En ik jou.

En jij mij.

Ze draait haar kont naar hem toe, beweegt zwoel en traag. Hij kan dit niet weerstaan.

Een vrouw, zegt ze, gaat iedere middag op stap met een blouse waarin twee gaatjes zijn geknipt. Je moet goed kijken, anders zie je het niet. De blouse heeft bruine noppen, dat is niet mooi maar functioneel. Alleen wie goed kijkt, ziet haar tepels, mag even nippen. Ze doet het graag met de loodgieter in bad. Als de elektriciën komt, neuken ze op de canapé en met de man van de vakbond doet ze het op de mat. En de melkboer, die mag haar in de keuken nemen, op het aanrecht of de tafel, dat hangt ervan af. Als hij komt en de ontbijtboel is nog niet aan kant, dan wordt het het aanrecht, anders de tafel.

Een man, zegt hij, een man zwerft vijf dagen en nachten door de stad met een erectie als een paal, gaat koffiedrinken, staart naar de tieten van het meisje achter de bar, streelt zijn geslacht, is bang dat het zal ontploffen met een knal. Een vrouw naast hem die ziet hoe hij zich heimelijk streelt, zegt: spaar ook wat voor mij, je weet dat ik je mag. Hij neukt haar tien keer, verbrandt haar dan met een vlammenwerper die hij van zijn vriend, de lasser, heeft gejat.

'Een vrouw,' zegt zij.

'Een man,' zegt hij.

'Ik wil een kind.'

'Je wilt een teddybeer, iets om armen om te slaan. Je bent bang om naakt te zijn.'

'Oompje roept,' kreunt ze. 'Oompjes lul is het wachten moe. Oompje, oompje, oompje, oompje.'

Ze hoopt dat hij haar zal slaan, maar hij speelt dit spel niet mee.

'Een verhaal,' zegt hij, 'een verhaal.'

Ik zie, zegt ze, een man en een vrouw in een grot bij de zee. De grot is hun plek, niemand weet dat zij elkaar daar ontmoeten, het is hun bed. Ze kennen wanhoop en hartstocht, elke keer kan de laatste zijn. Wat ze doen is verboden en daarom juist zo zoet. Dit keer blijven ze langer dan hun gewoonte is. Dan veilig is. Zij was laat op de afspraak, hij was uitzinnig ongerust. Was hun geheim ondekt? De zee stijgt, maar nog liggen zij in innige omhelzing, onmachtig om van elkaar te scheiden, verstrengeld. Ze hebben elkaar gezoend, gestreeld, geliefkoosd, bemind. Toch blijven ze twee en moeten scheiden. Ook nu. Buiten hun grot stijgt het water, zij zien het niet maar horen het geklots. Nog even en het is te laat. Dan is er geen weg terug. Hun lichamen klampen zich aan elkaar vast, er hoeft niets te worden gezegd. Er is moed nodig voor de grote passie, de ene, de ware.

Hij ligt op haar bed, armen gespreid, ogen gesloten, Christus op zijn kruis.

Ze zegt: 'Het verhaal is uit. Het is jouw beurt. Of zullen we neuken?'

Hij ligt roerloos. Stil.

Ze denkt: dit is wat ik wil, sterven in zijn armen, verdrinken in zee met hem. Hij zou zeggen: wees niet bang, ik breng je rust, ik geef je vrede, ik ben het water dat zich over een drenkeling sluit.

Maar hij zegt: 'Een verhaal.'

'Ik wil niet meer. Ik ben bang.'

'Een verhaal.'

'Eerst een zoen.'

'Een verhaal.'

Een vrouw staat op een morgen op en ziet dat, hoewel ze leeft, het vlees aan haar botten aan het ontbinden is. Haar huid is vaal met donkere vlekken, haar levenssappen gisten, ze verrot. Als ze haar mond opent om te gillen blijkt haar tong verstijfd. Tandvlees trekt naar boven, ogen staan bol. Haar man merkt geen verschil. Het is zaterdag en ze hebben de tijd. Hij berijdt haar zoals altijd.

Hij heeft het laken tot aan zijn kin getrokken. Zwijgt. Zoent haar niet.

Ze denkt: ik wil op hem gaan liggen, armen gespreid op zijn armen, palmen op palmen, vingers op vingers, mijn benen op de zijne. Wang tegen wang en zijn adem in mijn nek, mijn adem in de zijne.

Maar het laken bedekt zijn lijf, scheidt hen van elkaar.

Ze denkt: ik dacht dat alleen mannen dit kenden, angst en liefde voor de dood. Ik ben besmet. Ik heb me laten besmetten.

Ze denkt: ik hou van hem. Wil alleen maar hem. Zijn lijf, zijn adem.

Ze geeft hem ook dit verhaal.

Mijn broer, Sarah, de maan en ik

Moordenaars keren terug naar de plaats van de misdaad, maar mijn broer was geen moordenaar en had ook geen tijd voor een bezoek uit piëteit, dus ging ik in zijn plaats. Vroeger legde ik examens voor hem af als zijn hoofd niet naar studeren stond. Als ik een litteken op mijn wang grimeerde en de scheiding in mijn haar van links naar rechts verplaatste, hield geen mens ons uit elkaar. Ik was geboren onder het gesternte van de Maagd en gedoemd om saai en braaf te zijn. Hij kwam tien maanden na mij, was een Leeuw en dus dominant, maar vooral slim en sluw. Van bladzijde één tot drie, zei de juffrouw in de klas, en ik leerde gewillig het lesje van het blad. Mijn broer schreef het over op een briefje en moffelde het weg in zijn mouw. Als het mijn beurt was om het tuinpad schoon te maken, gebruikte ik het botte mesje dat mijn moeder me gaf. Uren zat ik gehurkt met zere kuiten en dijen tussen de stenen te peuteren. Mijn broer kocht onkruidverdelger bij de drogist, strooide het uit en ging verder met de dingen waar hij mee bezig was. Toen al had hij geld. Leende spullen die hij god-weet-waar verpatste. Ruilde een knikker voor een horloge of een pen.

Nu betaalde hij me om de mensen te gaan bedanken die zijn leven hadden gered. Hij stopte me een royaal bedrag toe – 'koop iets voor die mensen of geef hun het geld' – en gaf me het zilveren medaillon mee dat ze om zijn nek hadden gehangen toen ze bij hem waakten. Hij klikte het open en toonde me iets dat op een krent leek.

'Het oog van een arend. Dat brengt geluk in hun bergen, volgens hun bijgeloof.'

Hij lachte. Maar zonder hen zou het met hem gedaan zijn geweest. Bloed- en warmteverlies, hij zou het niet hebben geweten. Weer bijkomen zou pas pijn blijken te doen. Ze hadden hem in dekens gerold, hadden warmwaterflessen op zijn borst en benen gelegd, hadden hem het medaillon omgehangen. Reddingsploegen waren gealarmeerd, een helikopter was onderweg. Drie lijken en twee overlevenden moesten worden getransporteerd, mijn broer leek het minst dood van de vijf, daarom had hij het medaillon gekregen.

'Het is voorbij voor je het weet,' zei hij. 'Je hebt geen tijd om bang te zijn.'

Maar hij had wel in zijn broek geplast. De urine was in zijn schaamhaar vastgevroren, ze hadden het moeten wegscheren. Dat vertelde hij vaak en het stond ook in alle kranten. Dat ze zijn schaamhaar hadden moeten wegscheren. Vanwege de urine of vanwege het water van de rivier waarin hij was beland? Niemand vroeg het. Niemand vroeg ook waarom ze het niet gewoon hadden kunnen laten ontdooien. Er werden niet veel vragen gesteld. Elke vraag leek op kritiek: waarom nam je die weg? Waarom zo roekeloos? Dertig kilometer oostelijk leidde een brede, veilige weg naar dezelfde stad. Maar de vragen aan het adres van de bevoegde autoriteiten werden niet ingeslikt: waarom was de bergpas niet afgesloten? Waarom was de sneeuw niet geruimd? Er was een bord geplaatst met een zwaailicht, dat was alles. De fluorescerende verf had in het schijnsel van zijn koplampen opgelicht: DANGEROUS PASS. Over de doden werd niet veel gepraat. Het waren lifters. Jongens zonder have of goed. Seizoenarbeiders, werd gezegd. Ze komen af op de toeristen. Hopen iets te jatten: een handtas die iemand op een tafeltje heeft laten staan, een portefeuille die uit een broekzak puilt, een fototoestel.

Toen mijn broer twaalf was, reed hij de auto van mijn oom naar het huis van mijn grootouders drie straten verder. Mijn broer had mijn oom een dienst willen bewijzen. Hij had de auto fout geparkeerd zien staan, het was oogsttijd, als een tractor de auto ramde zou de schade niet worden vergoed. Maar mijn grootmoeder dacht dat ze het bestierf. 'Krapuul,' zei ze. Ik wachtte tot ze zou zeggen, 'zoals uw vader,' maar ze slikte haar woorden in. Enkele weken later gaf mijn broer haar voor het eerst geld.

'Breng dat als de bliksem terug naar waar ge het gestolen hebt! Waar heb ik dat in hemelsnaam aan verdiend?'

'Ik heb ervoor gewerkt,' zei mijn broer. 'Als ge me niet gelooft, vraag het dan aan meneer Driessens.'

Meneer Driessens was de garagehouder van het dorp. Hij had altijd jonge gasten nodig om de pomp te bedienen. Wat mijn broer er niet bij vertelde was dat hij systematisch de pomp op honderd frank zette voor hij begon te tanken.

'De mensen zijn blind,' zei hij. 'Ze willen bedrogen worden.'

Als hij geld had, deelde hij het uit. Hij gaf dure cadeautjes, wilde van geen weigeren horen. Vooral voor mijn vader kocht hij veel. Hij kon het zichzelf niet vergeven dat hij niet thuis was geweest toen mijn vader werd gearresteerd. Hij was 'op papierslag' met vrienden, haalde kranten op die hij achter op zijn fiets bond en kilometers verder aan een bedrijfje verkocht.

Als de dag van gisteren herinner ik me de aanhouding van mijn vader. Alles was haarscherp afgetekend in het heldere septemberlicht: het blauwe busje waarin hij werd opgehaald, de gouden strepen op het uniform van de agent, de graatmagere geiten in het stoppelveld aan de overkant van de straat. Toen ik de voordeur opentrok om de agent binnen te laten – 'Zeker meneer, ik zal mijn vader roepen, meneer' – hoefde ik niet met mijn ogen tegen het licht te knipperen. Het was warm genoeg om zomer te zijn, maar de lucht was niet heiig en de zon klom ook niet meer zo hoog. Geen licht is zo mooi als septemberlicht, nooit zit er zoveel nostalgie in de lucht als wanneer alles bijna voorbij is.

Mijn broer en ik gingen dagen niet naar school. We zwierven rond in de velden, zochten konijneholen, plukten bramen. Niemand lette op ons. In de boomhut spraken we af hoe we mijn vader zouden bevrijden. Mijn broer wilde met een bulldozer op de gevangenismuur inbeuken, ik stelde voor om hem aan elkaar geknoopte lakens toe te werpen, die hij als touwladder kon gebruiken. 'Als ik een helikopter had,' zei mijn broer, 'dan landde ik op het binnenplein.' Hij zou voor dekking zorgen, terwijl mijn vader en zijn maten onder een regen van kogels uit de gevangenis ontsnapten. Als het moest schoot hij alle bewakers overhoop.

We verlieten ons kamp om in de keuken boterhammen te smeren. In de kamer ernaast werd over ons overleg gepleegd. Had het zin om ons de ware toedracht te vertellen? Was het wenselijk om ons naar de gevangenis mee te nemen? Ten slotte werd ons een ingewikkeld verhaal opgedist waarin neven en nichten werden opgevoerd van wie we nooit hadden gehoord. We konden niet geloven dat zij geloofden dat wij hen geloofden. Had ik niet met mijn eigen ogen het busje gezien waarin mijn vader was weggevoerd? Maar misschien werd ons zo gewoon duidelijk gemaakt dat er over de zaak niet zou worden gepraat. De volgende morgen werden we allebei weer naar school gejaagd. 'En als uw vriendjes iets vragen, zeg dan dat ge niets weet. Zeg dat uw vader voor zijn werk in 't buitenland is.'

Mijn vader moest twee jaar zitten, maar kwam vrij na een jaar van voorbeeldig gedrag. Op de avond voor mijn broer trouwde vertelde hij ons hoe het was gegaan. Hij had gespeculeerd met geld dat hij van klanten kreeg voor de polissen die hij hun verkocht. Hij belegde het op korte termijn en maakte het pas later aan de maatschappij over. Het was geen stelen maar lenen, maar als hij verlies boekte, moest hij opnieuw gaan lenen om het verschil bij te passen. Toen hij besefte dat het uit was, klopte hij aan bij de familie van mijn moeder, maar ze stuurden hem met lege handen weg. Het waren boerenmensen die hun brood verdienden met echte dingen, niet met stukjes papier zoals hij. Hij was de schoonzoon die ze nooit hadden vertrouwd.

Niet lang nadat ze mijn vader waren komen halen, begon mijn broer te zeggen dat hij kon vliegen, dat hij wist dat hij die kracht in zich had. 'Zoals in dromen,' zei ik. 'Nee,' zei hij, 'ik kan het gewoon, als ik me maar voldoende concentreer.' 'Zoals in dromen dus,' herhaalde ik. 'Droom jij maar,' zei hij, en hij verschanste zich in de boomhut die we ooit samen hadden gebouwd, maar die nu meer en meer door hem werd ingepalmd. Mijn broer ging erheen om zich te concentreren, om de kracht te ontwikkelen die hij in zich had. Hij bouwde geen geraamte waaraan hij veren of pluimen bevestigde, en ook knutselde hij geen vleugels van stof of karton. Toen hij na weken van voorbereiding eindelijk sprong, klapwiekte hij zelfs niet met zijn armen. Zijn concentratie zou hem immers opwaarts dragen. Ik had na lang aandringen een net voor hem mogen spannen, maar hij viel meer naar links dan ik had verwacht. Een van de metalen haringen waarmee het net was gespannen, boorde zich door zijn linkerwang en sloeg twee kiezen weg. Nu, dacht ik terwijl hij op de haring gespijkerd lag, nu stijgt hij op. Bloed spoot uit de wond maar ik telde één, twee, drie, tien lange seconden voor ik om hulp begon te roepen, zo zeker was ik dat hij het zou doen. Samen met mijn moeder wrong ik de haring uit zijn wang, zag dat hij bij bewustzijn was en iets probeerde te zeggen – maar zijn woorden waaiden weg door het gat in zijn wang, dus sloot ik het af met mijn hand. 'Ik kan het,' zei hij, en hij viel flauw. Ik dacht dat we hem alleen nog in het net konden rollen en laten sterven. Ik dacht dat we hem het best onder zijn boomhut in de grond konden stoppen.

En nu rij ik in een witte Honda door een zonovergoten berglandschap. Geen vuiltje aan de lucht: bloemrijke weilanden, water dat klatert, alles helder en lieflijk en schoon, te mooi haast om echt te zijn. Maar kilometers verder kruipt de weg tegen de kalende bergwand op en werpt auto's af als ballast. Ik hou niet van bergen, voel me erdoor verzwolgen. Verdreven.

De Honda is me verhuurd door een vrouw met een gezicht als de bergtoppen hier: eeuwig bedekt, niet met sneeuw maar met een glimlach. *Have a nice day! You're welcome! I hope you'll stay with us!* Toen mijn broer in het ziekenhuis lag, stuurde haar bedrijf hem een opgewekte kaart. *Get well soon!* Gelukkig hadden ze hem een Volvo verhuurd. Vijftig meter stortte de auto naar beneden. Hij belandde op zijn dak in een bevroren rivier. Mijn broer ontsnapte uit het wrak en beukte op het ijs tot hij een wak had gemaakt om adem te halen. Toen dook hij opnieuw het ijswater in om zijn vriend te redden die voorin naast hem zat. Hij trok hem aan land en verloor het bewustzijn. Mijn broer was een held. *A hero. From Belgium.*

Als mijn broer in zijn boomhut aan het mediteren was, ging ik achter in de tuin naast de haag plat op mijn buik liggen in het hoge gras. Ik telde tot vijftig. Als er niets gebeurde, telde ik een tweede keer tot vijftig. Soms voelde ik al bij zevenentwintig de punt van Sarahs voet op mijn billen. Ik spande de spieren van mijn kont om voor haar Assepoestervoetje een harde trede te vormen. Even stond ze met haar volle gewicht boven op me en belandde dan met een sprongetje in het gras. Winter en zomer droeg ze lange witte kousen, zwart gelakte schoentjes met riempjes, en jurken die tot halverwege haar kuiten reikten. Dat moest van haar grootmoeder, die een joodse was. Sarah was ook joods en haar ouders ook, maar haar ouders waren dood. Sarah had lange zwarte vlechten, waarin haar grootmoeder strikken bond, en ze droeg jurken die alleen door haar en door meisjes in kinderboeken werden gedragen. Ik dacht in die tijd dat alleen ik Sarah kende, dat ik haar te voorschijn toverde door daar in het hoge gras te gaan liggen. Ze was mijn joodse prinsesje, met wie ik later zou trouwen. Ik zou dan zelf joods zijn geworden en zou David heten, want joden trouwen met joden, dat had mijn broer me verteld. Ravotten kon Sarah niet met alle kant die ze droeg, dus spreidde ik mijn jas voor haar uit en ging ze naast me zitten. Ze trok altijd haar jurk zo ver mogelijk over haar knieën en sloeg dan nog eens haar armen eromheen, zodat ze vanaf haar middel in een tent leek te zitten, een tent die met ruches en strikjes was bestikt. 'Ik kan niet lang blijven,' zei ze, en ze sloeg haar ogen neer. En het was waar, ze bleef niet lang. 'Mijn grootmoeder,' zei ze. 'Ja, natuurlijk,' zei ik, 'je grootmoeder.' Sarahs grootmoeder was een onder kilo's vlees en vet gebukt gaand slagschip in zwarte jurken en schorten en truien. Haar gezicht was aan een kant verlamd, en ze droeg een pruik. Dat moest omdat ze joods was. Ze was de enige overlevende van haar familie, samen met Sarah. Ze had de kampen overleefd, en hongerwinters, en een pogrom of twee, en vast ook overstromingen en vulkaanuitbarstingen en pestepidemieën. Ze was onuitroeibaar. Mijn vader was de enige bewoner van het dorp die bij haar over de vloer mocht komen, en voor hem zette ze nu eens een blonde, dan weer een bruine pruik op. Alle mogelijke polissen had hij haar verkocht, maar nog voelde ze zich niet veilig. Ze was zijn beste klant.

Van Sarah leerde ik dat er twee manen waren, de maan vooraan en de maan achteraan. Als ze door het raam van haar kamer naar de tuin keek, zag ze de maan achteraan, maar als ze door het raam aan de straatkant keek, zag ze de maan vooraan. Ze praatte er met niemand over behalve met mij. Soms zette ze de voor- en achterdeur open, en holde zo snel ze kon door de gang om beide manen tegelijk te betrappen. Dan schold haar grootmoeder haar uit omdat ze het hele huis op de tocht zette. Had ze dan geen oog voor haar zwakke longen? Wou ze soms haar dood? Achter in de tuin zat een wolf, zei Sarah, die huilde omdat hij alleen de maan achteraan kon zien. 'Een wolf?' vroeg ik. 'Ja,' zei ze, 'een grijze wolf.' Maar de wolf maakte haar niet bang. Wist ik of de maan overal ter wereld dezelfde was? Zag iedereen dezelfde maan?

Van mijn broer kreeg ik het dagboek van Anne Frank. Jij houdt toch van jodinnen, zei hij. Het was een boek voor meisjes en dus las ik het niet, maar ik keek uren naar de foto op de omslag. Soms vroeg ik aan Sarah om haar hoofd een beetje schuin te houden, zoals Anne Frank dat op de foto deed. 'Probeer te glimlachen. Ja, zo.' Maar ze keek nog altijd droevig.

Toen ze mijn vader waren komen halen, vertelde ik het alleen aan haar. Ik liet haar zweren het aan niemand verder te vertellen, ook en zeker niet aan haar grootmoeder. Ik zei: 'Anders vermoordt mijn moeder me.' Bij die woorden kleurde ze hevig en begon te huilen. Ik zei dat ik vast geloofde dat ze me niet zou verraden en dat mijn moeder me ook niet echt zou vermoorden, maar ze huilde alleen maar luider. 'Ik heb mijn vader vermoord,' kermde ze, 'ik heb hem vermoord en mijn moeder heb ik ook vermoord.' Haar schouders schokten, ze sloeg haar handen voor haar ogen, snufte luid. Plots sprong ze overeind: 'Mijn grootmoeder!' en verdween over de haag.

's Avonds vroeg ik het aan mijn moeder. Hoe waren Sarahs

ouders gestorven? ‘Van verdriet,’ zei mijn moeder. ‘Joden sterven van verdriet.’ Verdriet om wat of wie? Om Sarah? Mijn moeder zei het niet. We waren in de keuken. Mijn broer en ik maakten boontjes schoon, mijn moeder schilde aardappelen. Ze begon voor te lezen uit de krant die ze had uitgespreid op het aanrecht. Ze dreunde het ene artikel na het andere op met een stem die duidelijk maakte dat er genoeg vragen waren gesteld en dat nu alleen zij aan het woord zou zijn. Mijn broer nam een handvol boontjes, legde ze op een houten plankje en schikte ze zo dat aan de ene kant de uiteinden in een rechte lijn lagen. Toen hakte hij ze met zijn aardappelmesje af. Hij draaide het plankje om, schikte de andere uiteinden op dezelfde manier en hakte ook die weg. Hij klemde het hele hoopje stevig tussen beide handen, brak ze in tweeën en gooide ze in het vergiet dat tussen ons in op de keukentafel stond. Mijn moeder had haar rug naar ons toegekeerd en zag dus niet dat mijn broer de draadjes in de naad van de boontjes liet zitten. ‘In Parijs,’ las ze, ‘hebben demonstranten hun ongenoegen laten blijken over...’ Ik keek naar het boontje waarvan ik net het ene uiteinde had afgeknakt, en dat ik nu zou omdraaien om het andere uiteinde samen met het draadje te verwijderen. Zou ik proberen de methode van mijn broer toe te passen? Er werd gebeld. ‘De onderhandelingen zullen worden voortgezet,’ zei mijn moeder, ‘als meer gegevens beschikbaar zijn. De betrokken autoriteiten...’ Mijn broer legde de boontjes die hij van de stapel had genomen terug, en liep de keuken uit ‘...nog weinig zekerheid over het lot van de matrozen aan boord...’ galmde mijn moeder. Mijn broer kwam de keuken weer binnen, nam een handvol boontjes en zei: ‘Bezoek.’ Mijn moeder was onverstoorbaar ‘...zullen naar alle waarschijnlijkheid worden geëvacueerd indien de gevechten...’ ‘Mama, er is bezoek,’ zei ik, maar ze bleef lezen. Toen werd er op de keukendeur geklopt. Bom, bom, bom. ‘Graanexperts vrezen dat de oogst in Polen dit jaar...’ Bom, bom, bom. ‘...zware stormschade op het platteland maar ook in de stad...’ Bom, bom, bom. De deur werd opengeslagen en de vele kilo’s van Sarahs grootmoeder vulden de opening. ‘Ich vil met oe sprekken,’ zei de bewegende helft van haar gezicht. Ze zwaaide met papieren. Mijn moeder draaide zich om, veegde haar handen af aan haar schort en zei: 'Mevrouw Rosenheim, wat vriendelijk van u om ons op te zoeken!'

'Oew man, oew man,' zei ze, en ze liet de papieren boven de keukentafel fladderen.

'Oh, u kwam voor mijn man. Die is in het buitenland. Had u het nog niet van mijn kinderen gehoord?'

'Ik zie de politie die oew man komt haal. Oew man niet in buitenland.'

Haar vlees zwenkte naar het fornuis en toen naar de tafel, alsof ze er alle controle over had verloren. Mijn broer schoof een stoel achter haar en gaf haar een duwtje.

'Kopje koffie, mevrouw?'

Hij nam de papieren uit haar handen, legde ze op de tafel, glimlachte breed en zei: 'U ziet er beter uit dan ooit, mevrouw. Ook een kop, mama? Hoe is het met de duiven, mevrouw Rosenheim?'

De duiven waren mevrouw Rosenheims grote verdriet. Ze kwamen af op het brood dat ze op het balkon van haar slaapkamer verkruimelde voor roodborstjes en meesjes, niet voor de duiven die toch al vetgemest waren.

'Schlecht, schlecht.'

'Ik vind dat de politie iets zou moeten doen,' zei mijn broer. 'Hebt u hen er al over aangesproken?'

Mevrouw Rosenheims ene mondhoek ging de hoogte in.

'Oe begrijpt me,' zei ze. 'Oe spreekt elemaal zoals oew vader,' en ze begon haar beklag te doen over de agressiviteit van de duiven die onder haar ogen naar de kleine weerloze vogeltjes pikten. Mijn broer luisterde geboeid. Even dacht ik dat Sarahs grootmoeder met nog een overbodige verzekeringspolis de deur uit zou gaan.

Mijn moeder was niet zo gemakkelijk te paaien.

'Mama, ik zweer je, ik heb mijn mond niet voorbijgepraat,' zei ik toen mijn broer Sarahs grootmoeder naar buiten had gewerkt.

'Ik heb gezegd dat ge moest zeggen dat uw vader op reis was voor zijn werk.'

'Dat heb ik ook gezegd. Wat zou ik anders hebben gezegd? Ik ken Sarah niet zo goed. Ik zie haar soms in de tuin, dat is alles.'

'Dat is alles,' echode mijn broer.

Ik geloofde niet dat Sarah mijn geheim had verklapt, maar ik wilde weten hoe haar grootmoeder achter de waarheid was gekomen. Wist heel het dorp ervan? Of had ze inderdaad het busje en de agenten gezien en de juiste conclusies getrokken? Maar Sarah was doof voor mijn vragen. In steeds verwardere versies van hetzelfde verhaal wilde ze me uitleggen hoe ze een moordenares was geworden. 'Ik heb hen vermoord. Ik heb hen vermoord.' Soms zei ik: 'Oké, je hebt hen vermoord. Ik zal het aan niemand vertellen zoals jij aan niemand iets vertelt over mijn vader.' Hier zweeg ik even om haar de kans te geven haar loslippigheid op te biechten maar ze bleef maar vertellen dat ze een moordenares was en dat ze een dubbele oudermoord op haar geweten had. Het had te maken met een brief en met een boek waarin die brief stak. Dat boek was van haar moeder, die haar uitdrukkelijk had verboden het te lezen. Eerst wist ze niet dat haar moeder een brief in het boek bewaarde. Ze wist alleen dat het een verboden boek was, waarvan ze eigenlijk zelfs het bestaan niet mocht vermoeden, alleen had ze het op het nachtkastje van haar moeder zien liggen toen ze op een dag tijdens haar middagslaapje haar kamer was binnengekomen. Dat was ook verboden, maar ze was op haar knie gevallen en had een groot gat in haar rechterkous en het bloedde ook. Ze had nog nooit zo'n mooi boek gezien. Het had een harde kaft die met gouden geometrische figuren was versierd en de snee was verguld. Ze greep ernaar omdat ze zo'n mooi boek even in haar handen wilde houden, maar het werd haar meteen verboden. 'Blijf daarvan af. Verzorg zelf uw knie. Ziet ge niet dat ik aan het rusten ben?' Sarah liet haar moeder rusten, maar later ging ze op zoek naar het boek. Als haar moeder het huis uit was doorzocht ze haar kamer, haar linnenkast, haar boekenrek, haar juwelenkistje met het parelsnoer. Ten slotte vond ze het in een keukenlade onder de schriftjes waarin haar moeder recepten noteerde. Het was nog mooier dan ze eerst had gedacht. Het flinterdunne papier was bedrukt met woorden die ze niet kon lezen maar waarvan ze wist dat ze Hebreeuws waren. De brief zat in een envelop en was aan haar moeder gericht. Ze las hem niet. Maar ze legde het boek ook niet terug op zijn plaats. Eerst liep ze door het huis alsof ze alle kamers ermee wilde wijden. 'Zie hier het verboden boek van mijn moeder. Zie hier de verboden brief.' Ze zwierf door het huis, trap op, trap af, kamer in, kamer uit, met het boek op haar uitgestrekte handpalmen voor zich als een offerande. Ten slotte dwaalde ze de studeerkamer van haar vader binnen en legde het op zijn werktafel. Toen ging ze naar haar kamer, kleedde al haar poppen uit en koos andere kleren voor hen. Ze was nog lang niet klaar toen ze haar moeder hoorde gillen ergens hoog in het huis. Ze wachtte. Ze was er zeker van dat ze toen al wist wat er was gebeurd. Dat ze niet hoefde te gaan kijken naar het lijk van haar vader dat aan een balk op zolder bengelde. Als een lappenpop.

'En het boek?'

Dat lag nog waar ze het had neergelegd.

'En de brief?'

Die stak er nog in.

'Maar Sarah, hoe kan je dan weten dat hij ze heeft gezien? Misschien is hij rechtstreeks naar de zolder gegaan.'

Maar nee. Zij had hem vermoord. Zij had zijn zelfmoord gepland.

Iedere keer dat ze het me hortend en stotend probeerde uit te leggen, nam ik me voor om geen volgende keer in het hoge gras naast de haag te gaan liggen. Maar ik was ook nieuwsgierig. Ik wilde weten hoe ze dacht haar moeder te hebben vermoord.

'Die is gek geworden van verdriet,' zei mijn moeder. 'Die zijn ze komen halen van 't gesticht, nog geen maand na de begrafenis van haar man. Maar ze hebben haar niet kunnen doen leven. Ze wou dood. Joden zijn allemaal zo. Die willen dood.'

Sarah zat op mijn jasje in het hoge gras.

'Mijn moeder was bang om alleen te slapen,' zei ze. 'Ik moest bij haar slapen. "Kom kindje, kom," was het iedere avond. "Ik heb niemand meer behalve u." Maar ik was bang dat ze me in mijn slaap zou vermoorden, dat ze wraak zou willen nemen omdat ik mijn vader had vermoord. Dus sloot ik me op in mijn kamer, trok de lakens over mijn kop, maar kon nog altijd haar gehuil horen. "Sarah, kindje, kom." Op een nacht ben ik toen bij haar gaan slapen. Ze drukte me tegen zich aan, zei de naam van mijn vader tegen me, zoende me. Ik duwde haar weg, maar ze klauwde naar me en zei dat ik alles was wat ze nog had. Ik sloeg met mijn handen, weg, weg, weg, vluchtte uit haar bed, groef me in onder mijn lakens en hoofdkussen. Ik heb haar vermoord, toen die nacht. Ik heb haar van verdriet doen sterven. Ik ben een moordenares.' Ze zei dat ze voor straf bij haar grootmoeder moest wonen. Ze zei dat ze dankbaar moest zijn dat ze niet werd onthoofd. 'Ik moet gaan,' zei ze, en ze sprong overeind.

Op een dag riep mijn moeder me bij zich in de keuken.

'Breng dat naar de mensen hiernaast,' zei ze, en ze wees naar een korf die met een rood en wit geruite doek was afgedekt.

'Vooruit, sta daar niet zo te draaien. Ge kent die mensen toch.'

'Wat zit er in die korf?'

'Fruit, melk, chocola, kaas. Die mensen hebben niets. Ze hebben hun alles afgenomen in de oorlog. Ge hebt toch gezien hoe dat mens over haar toeren was die keer dat ze hier stond.'

Was mijn moeder gek geworden? Niemand in het dorp had zulke fijne kleren als Sarah, en er was geen enkel ander meisje dat midden in de week zwarte lakschoentjes droeg. Als haar grootmoeder in de winter uitging, sloeg ze een reusachtige bontjas om haar vele kilo's vlees, en haar laarzen en hoed waren ook al met bont afgezet. Geen huis was voor zo'n hoog bedrag verzekerd als het hunne. Het was een donker huis en de ramen en het houtwerk waren vuil, maar op de vensterbanken van de benedenverdieping stonden kristallen vazen, en de voordeur was versierd met smeedwerk in de vorm van een spin. Hoe haalde mijn moeder het in haar hoofd dat die mensen haar hulp nodig hadden?

'Ge ziet toch dat die Sarah niet genoeg vitaminen krijgt. Zo bleek en mager en... Die mensen komen nooit te boven wat ze in de kampen hebben meegemaakt. Dat blijft nog generaties nawerken. 'Wacht,' zei ze. Ze liep de tuin in en kwam terug met drie peren. 'Stop die er nog bij.' Ze sloeg de doek weg. Het water liep me in de mond. Waarom gaf mijn moeder aan haar buren eten dat bij ons alleen op feestdagen op tafel kwam?

'Staat ge daar nu nog?' vroeg mijn moeder.

'Mag ik na 't eten gaan?'

Misschien lag Sarah dan al in bed.

'Gij denkt alleen maar aan uw eigen maag. Leer eens aan andere mensen te denken.'

Dus nam ik de korf, trok onze voordeur achter me dicht en liep het grintpad op naar de voordeur van onze joodse buren. Ik belde. En opnieuw. Het gordijn voor het raam naast de voordeur bewoog. Stappen in de gang. Het raampje in de deur ging open en ik zag Sarahs gezicht achter de smeedijzeren spin.

'Ik moest dit brengen van mijn moeder.'

'Waarom?'

'Dat weet ik niet.'

Ze sloot het raampje, opende de deur, nam de korf van me over.

'Wat zit erin?'

'Eten, denk ik.'

'Is je vader terug?'

'Nee.'

'Waarom is het dan feest?'

'Het is geen feest. Mijn moeder zegt dat je niet genoeg te eten hebt.'

Ik bleef wachten tot ze zou zeggen dat ik binnen kon komen. Achter haar lag een donkere, hoge gang met een lichtpunt aan het einde. Een glazen deur, vermoedde ik.

'Mijn grootmoeder,' zei ze. Ze sloot de deur voor mijn neus, maar nog geen tien minuten later belde ze bij ons aan.

'Kom je binnen?'

'Eventjes.'

Ik pakte de korf aan en ging haar voor naar mijn kamer. Ik verdeelde de inhoud van de korf over verschillende laden.

'Wil je nu al iets?' vroeg ik.

'Zijn er koekjes met rozijnen?'

'Ja,' zei ik, 'maar er is ook chocola met nootjes.'

'Toch liever koekjes.'

'Neem ze allebei. Er is genoeg.'

We zaten op mijn bed en kauwden.

'De rest bewaar ik voor als je over de haag kruipt. Ik zal er niets van eten zonder jou.'

Met de achterkant van mijn hand veegde ik mijn mond schoon en liet Sarah uit. Ik voelde me erg dicht bij haar.

'Dat was Sarah,' zei ik tegen mijn moeder. 'Ze heeft de lege korf teruggebracht.'

Mijn moeder was tevreden. Wat er ook over mijn vader werd gefluisterd in het dorp, ze hoefde zich nog altijd niet te laten koeioneren door die jodin. Ach, 't was ook maar een sukkel dat mens, ze zou haar vaker iets moeten brengen, en ook iets voor die Sarah, een lief kind, gedienstig en rustig. Die kende haar plaats.

Nu is het of ik een bassin binnenrijd. Links en rechts van me rijzen hoekige bergen op die eruitzien of ze net zo goed van karton als van graniet zouden kunnen zijn, bergen zoals kinderen die tekenen, driehoekig met bovenaan inkepingen en een witte punt. Ze omarmen een meer met een ijsgroene waterspiegel en een zoom gelige grasstoppels. Dit is mooi, denk ik, rijd het parkeerterrein op en parkeer de Honda tussen de *rest rooms* en de vuilnisbakken. Ik ben alleen op de wereld tot ik uitstap, naar het meer toe loop en vissers zie. Ik dwing mezelf om diep te ademen, om blij te zijn met deze meevaller, zo maar een bergmeer op mijn weg, verloren op een kale hoogvlakte. Ik begin om het meer heen te lopen, maar het pad is zompig en mijn voeten worden nat. Op klamme voeten loop ik naar de Honda en start de auto. Ik rijd terug naar de weg, neem een bocht, zie een schilferig bord en lees in een flits MOTEL. Ik rem, zet de Honda in de achteruit en rijd terug. Als ik in de richting kijk die door de pijl op het bord wordt aangegeven, zie ik vijftig meter hoger een witgeverfd houten gebouw met een plat dak. Ik draai het stuur en hobbel tot voor het kantoor van het motel. Ik verwacht een jeugdherbergfiguur achter de balie, maar de vrouw heeft geblondeerde krullen die met veel lak in model worden gehouden. Haar ogen zijn met glinsterende oogschaduw opgemaakt en ze heeft vuurrode lippen, die ze in een brede glimlach trekt als ze me ziet. O ja, ze heeft een kamer voor me, maar wat kom ik hier doen, een *big guy* zoals ik gaat zijn dagen toch niet met een hengel slijten. Ze lacht. Grapje, zegt ze, ik heb gelijk, het is verstandig dat ik voor de avond mijn tocht onderbreek. Lees maar, zegt ze, en wijst met haar gebruinde kin naar het prikbord en een kranteknipsel over de *hero from Belgium*. Ik kan mijn ogen niet geloven, maar daar ligt hij in zijn ziekenhuisbed: mijn broer. Er is ook een foto van het wrak, en van de afgrond waar hij in is gestort. Hier gebeurd, zegt de vrouw, op nog geen vijf mijl van hier. Bij mijlpaal 308.

'Wij weten dat je daar heel voorzichtig moet zijn, maar de toeristen... Waar kom jij vandaan?'

'Uit België,' zeg ik. 'Zie je die man daar?' en ik wijs naar het hoofd dat boven de lakens van het ziekenhuisbed uitsteekt. 'Dat is mijn broer. *I am the hero's brother.*'

Nee, dit kan ze niet geloven. Oh, maar nu ik het haar zeg, wacht eens, ja, toch wel, dat ze het niet eerder had gezien.

'Maar je broer heeft een litteken,' zegt ze. Je kan het op de foto niet zien maar ze heeft het gelezen in de krant. Dat hij een litteken heeft van een vorig ongeval, even spectaculair als dit, even levensgevaarlijk.

Nu wil ze absoluut haar vriendin bellen, want zij heeft mijn broer gered, zonder haar leefde mijn broer niet meer, ik moet haar ontmoeten, ze zal me alles kunnen vertellen.

Ik grijp in mijn binnenzak, en toon haar het medaillon dat ik kom terugbrengen, klik het voor haar open. Ze slaat haar handen voor haar geverfde mond. Ze zal meteen haar vriendin bellen, we zullen er samen naar toe rijden, het is een moeilijke afdaling, ze vindt wel iemand die zolang op het motel let. Of wil ik eerst rusten? Ben ik al lang onderweg? Wil ik wachten tot morgen? Ze leunt over de balie heen alsof ze haar borsten voor mij wil uitstallen, en fluistert. Ik mag aan niemand zeggen wat ik hier kom doen. Er zijn nog meer mensen geweest in verband met het ongeval. Familie van de jongens die erin zijn gebleven. Mensen die het niet eens waren met de officiële versie. 'Spreek niet met de vissers,' sist ze. 'Een van hen is de grootvader van de jongen die achter je broer bij het raampje zat. Hij beweert dat je broer ook hem had kunnen redden. Volgens hem is je broer helemaal geen hero. Ik heb hem gezegd: "Meneer, kom eens terug in de winter. U weet niet waarover u het hebt." Denkt die nu dat hij de doden weer levend kan maken door hier rond te snuffelen? '

Ze toont me mijn kamer en nodigt me bij haar uit. Waarom kom ik niet gezellig bij haar kletsen? Morgenvroeg voor we naar haar vriendin rijden zal ze een lekker ontbijt voor me klaarmaken. Ik kijk naar het bed met de nepsatijnen roze sprei, en dan naar de vrouw met de nepblonde krullen, en vraag me af of ik vannacht bij haar zou kunnen slapen. Misschien wordt dat een beetje van mij verwacht, the big guy from Belgium, the brother of the hero.

Heeft mijn broer hier gelogeerd?

Nee, nee. Het motel is gesloten in de winter.

Ze laat me alleen. Ik neem een douche, trek droge sokken en schoenen aan, loop tot bij haar kantoortje en denk: ik vraag haar mee om een wandeling te maken. Maar dan denk ik: ach nee, ze kan niet zomaar weg, en voor ik het weet ben ik er voorbij. Ik kom uit aan de andere kant van het meer, zie de vissers zitten maar ze zijn niet meer dan stippen. In het avondlicht lijken de bergen compacter. Dreigender. Als mijn kleinzoon hier zijn dood had gevonden, kwam ik hier ook vissen. Niet om hem weer levend te maken, maar gewoon, om bij hem te zijn.

Als ik een tweede keer voorbij haar kantoor loop, roept ze me binnen. Ze heeft soep voor me klaarstaan en ik moet absoluut haar man ontmoeten. '*Hi*,' zegt hij met een brede lach. Ik krijg een fikse klap op mijn rug.

De eerste keer dat ik twee mensen elkaar zag verleiden, zei zij tegen hem: *dopodomani*. Het was op een kamp voor jongetjes zoals ik, snotneuzen die met voetballen in toom werden gehouden. Zij was het Italiaanse keukenmeisje dat voor ons moest koken maar zich beperkte tot het smeren van stapels boterhammen, ze had een oogje op de spelleider, wilde mooi zijn om zijn aandacht te trekken. Ze zei: 'Vind jij dopodomani ook zo'n prachtig woord?' Hij zei het na. Dopodomani. Als je het zegt, strelen je lippen elkaar. Ik stond nog geen meter van hen vandaan, klein, onbeduidend, te jong om weggejaagd te worden, te onbelangrijk. Ik keek en keek en keek en vergat de winkelhaak in mijn trui die ik haar had willen tonen in de hoop dat zij hem zou verstellen en het gekijf van mijn moeder me zou worden bespaard. Hij sloeg de rand van haar hoed omhoog en zoende haar. Ik dacht: dit moet ik onthouden voor later met Sarah. Dan ga ik liggen in het hoge gras, trek haar tegen me aan en fluister het in haar oor. Dopodomani. Maar er gebeurde dit en er gebeurde dat, en voor ik het wist was het te laat, en was Sarah mijn prinses niet meer en ik niet meer haar prins.

Het was in de garage. Regen had mijn broer uit zijn boomhut verdreven, er waren geen volwassenen. 'Kinderen, jullie houden je wel bezig. Ik wil geen klachten horen. We eten om halfzeven. Stipt.'

'Ga Sarah halen,' zei mijn broer.

Hoe kon ik met dit regenweer in het gras gaan liggen?

Sarah, herhaalde hij. Sarah moet komen.

Hij zat met de wollen muts van mijn vader het chroom van zijn fiets op te poetsen. Ik nam het zeil waarmee mijn moeder de wasmachine afschermde en ging naar buiten. Ik spreidde het zeil uit in het hoge gras naast de haag en ging in de striemende regen liggen. Ik telde een, twee, tot vijftig. Ik telde een, twee... Bij dertien voelde ik haar voetje, hoorde haar bezorgde stemmetje: 'Ben je ziek?' Had ik haar maar naast me op dat zeil getrokken. Had ik maar de regen als een zondvloed over ons laten neerdalen. Maar ik sprong overeind, nam haar bij de hand, en trok haar mee naar het huis, naar de garage. 'Mijn grootmoeder!' zei ze verschrikt.

'We worden ziek als we hier buiten in de regen blijven, Sarah.'

Haar jurk was doorweekt, slierten haar kleefden tegen haar voorhoofd. Ik trok haar mee en zij liet zich meetrekken.

Er brandde nu licht in de garage, en Bert en Joris waren er, vrienden met wie mijn broer wel eens in de boomhut zat. Ze waren bezig met een spel, leken nauwelijks te merken dat we binnenkwamen. Bert bond mijn broer een blinddoek voor, draaide hem in het rond, liet hem opeens los en sloop naar een hoek van de garage terwijl mijn broer natolde. Mijn broer zette voetje voor voetje, tastte met zijn handen in het ijle tot hij Joris te pakken had. Met zijn vingertoppen tastte hij het gezicht en het haar van zijn vriend af, raadde goed en de blinddoek mocht eraf. Joris beweerde dat mijn broer hem had gekieteld. Ze sloegen dubbel van het lachen. Het was of ze ons niet zagen. Of ze volledig in hun spel opgingen. Dat ik zo blind kon zijn.

Ik had een trui van mijn moeder voor Sarah gehaald en een handdoek om haar haar te drogen. Ik had haar mee naar boven kunnen nemen. Ik had haar mijn strips kunnen laten zien. Ik had een kop melk voor haar kunnen opwarmen. Maar we zaten daar maar te kijken naar het nummer dat mijn broer en zijn vrienden opvoerden. Tot we mee moesten doen.

'Jij,' zei mijn broer tegen me, 'jij.' Ik stond op en nam de blinddoek van hem aan.

'Nee, nee,' zei hij toen ik hem voor mijn eigen ogen wilde binden. 'Sarah is aan de beurt.' En dus draaide ik me om en liep naar Sarah, die verkleumd zat te bibberen en te rillen, die nauwelijks tijd had om een afwerend gebaar te maken. Ik legde de knoop op de scheiding tussen haar twee vlechten maar ze trok de blinddoek weg en liet me hem niet opnieuw vastbinden.

'Ze wil niet,' zei ik.

'Ze wil wel,' zei mijn broer, 'maar je moet het haar op de juiste manier vragen. Probeer het,' zei hij en wees naar de lade van mijn moeders werktafel. Touw? Bedoelde mijn broer touw? Ik liep naar de tafel, trok de lade open, nam een bol touw. Ik nam haar dunne polsen, trok ze achter haar rug, bond ze samen. Ze gilde niet. Ze opende haar mond maar er kwam geen geluid. Als ze iets gezegd had, was alles misschien anders geweest. Nu schopte ze met spillebeentjes naar me, dus bond ik ook haar enkels samen, duwde haar op de bank en eindelijk kon ik doen wat ik moest doen. Ik bond haar de blinddoek voor. Maar mijn broer was nog niet tevreden. Sarah moest in het midden van de garage komen staan, moest rond worden gedraaid. Ik maakte het touw om haar enkels los. Ze schoot weg en botste tegen een bezem. Dus moest ik haar opnieuw vangen, naar het midden van de garage brengen en haar enkels vastbinden. Nog altijd kwam er geen geluid uit haar keel. Daar was ik haar dankbaar voor want anders had ik mijn zakdoek in haar mond moeten proppen. Ik sloeg mijn armen om haar heen, drukte haar tegen me aan. Ik wilde dat haar magere schrale lichaam ophield met trillen. Het was onze eerste en enige omhelzing.

'Ze staat niet in het midden van de garage,' zei mijn broer.

'Wel waar,' zei ik.

'Niet waar,' zei hij.

'Kom,' fluisterde ik in haar oor, mijn armen nog altijd stijf om haar heen. 'Ik laat je los en je maakt een sprongetje naar voren, toe.' Maar ze stond maar te trillen. Klappertandde nu ook. Dus moest ik haar wel een duwtje geven. En nog eentje. En nog een. Iemand knipte het licht uit.

Toen ik in die garage op die regenachtige middag eindelijk de schakelaar had gevonden, waren we alleen, Sarah en ik. Ze lag opgekruld op de grond, was op haar gezicht gevallen. Het was volbracht. Voortaan kan ze meespelen met de jongens, dacht ik, ze heeft haar doop gehad. Maar nee. Zo was het niet. Ik maakte haar boeien los, hielp haar haar kleren fatsoeneren, wreef met mijn zakdoek over de rode vlek waar de bezemsteel haar had geraakt. Er druppelde bloed uit haar neus, tranen uit haar ogen. Het is voorbij, fluisterde ik, nog altijd overtuigd van de noodzaak van het gebeurde. Uren heb ik nadien in het gras naast de haag gelegen. In mooi weer, in slecht weer, in hondeweer. Ze is nooit meer gekomen.

Ik lig in het gras. Ik voel dat iemand naar me kijkt. Sarah, denk ik, maar het is mijn broer.

'Papa is thuis,' zegt hij, en hij lacht. 'Hij is terug.'

Om zeven uur klopt ze op mijn deur. Ik moet eruit, in de bergen is geen plaats voor slaapkoppen. Haar man is al meer dan een uur de deur uit. Wat doet haar man voor de kost? Hakt hij bomen in berg en dal? Ik vraag het niet. Ik wil het niet weten.

Mag ik me even wassen en aankleden?

Dat mag, intussen klutst zij voor mij een paar eieren in de pan.

'Gaan we met de Honda?'

'Nee, nee, mijn auto heeft een veel sterkere motor. Was jij je maar.'

Ik had me deze tocht altijd als een ingetogen uitstapje voorgesteld, een pelgrimstocht eerder dan een plezierrit, maar met mijn geblondeerde gids achter het stuur is er geen tijd voor sombere overwegingen. Ik mag even uitstappen bij mijlpaal 308 en over de vangrail kijken naar het zilveren lint van de rivier beneden, maar dan wordt er achter ons getoeterd en begint ook zij te toeteren.

'Ik heb de boerderij niet gezien.'

'Straks stap je er toch binnen.'

'Ik wou ze vanaf de weg zien liggen. Ik wou me proberen voor te stellen hoe het voor mijn broer is geweest.'

'Waarom? Waarom zou je je zoiets willen voorstellen?'

Dan een hand op mijn onderarm, sussend: 'Op de terugweg rijden we er opnieuw voorbij, dan mag je in de afgrond turen zolang je wil.'

Bemoeder eens iemand anders, denk ik, en gooi mijn hoofd in mijn nek, maak een rechtere rug. Maar ze geeft me een klopje op mijn knie, lacht me bemoedigend toe. Trut.

Bij haar vriendin voert zij het woord. We zitten aan tafel bij de mensen die mijn broer hebben gered en die dus één mens blijken te zijn, een vrouw met een bleek gezichtje, een lelijk, bruin, nauwsluitend t-shirt en lange sproetige armen. De boerderij is niet echt een boerderij. Er lopen wat kippen, een hond, een kat, een geit of vijf.

De vrouw luistert met een glimlach, kijkt van haar vriendin naar mij, glimlacht breder en breder. Dan schrikt ze op. 'Mijn grootmoeder,' zegt ze, en ze loopt de kamer uit. 'Ze is rustig,' zegt ze als ze terugkomt. 'Ik dacht dat ik haar had horen roepen.' Ze gaat weer zitten. Haar hoofd helt naar haar linkerschouder, haar ellebogen vormen twee scherpe hoeken met het tafelblad, haar handen rusten op elkaar. Nu glijdt ze met benige, bleke vingers door haar halflange haar, duwt zwarte krullen omhoog. Haar hand is stut en kam, en zij is het meisje op de omslag van het boek dat mijn broer me ooit gaf, Anne Frank die uit de kampen is herrezen, uit Treblinka, Auschwitz of Theresiënstadt.

Ik ga met mijn hand in mijn binnenzak, pak het medaillon, leg het voor haar op tafel. Ze klikt het open, ontbloot het arendsoog, glimlacht naar me.

'Wel,' zegt mijn blonde chauffeur, 'jullie twee hebben elkaar vast veel te vertellen. Ik ga nu boodschappen doen en over een paar uurtjes kom ik je ophalen.'

Ze staat al, geeft me een klopje op mijn schouder en buigt zich naar haar vriendin om haar te omhelzen.

'Nee, nee,' zeg ik. 'Ik ga mee.'

'Waarom?'

'Daarom.'

Anne Frank zegt niets. Glimlacht. Laat ons uit.

'Moet je daarvoor van zo ver komen?' vraagt mijn chauffeur. 'Had je haar niets te zeggen?'

Ze stopt bij mijlmaal 308, maar ik stap niet uit.

Terug op mijn kamer vraag ik een lijn aan. Ze klinkt zakelijk nu. Welk nummer moet ze voor me aanvragen?

'Ik zweer 't je,' zegt mijn broer, 'ik heb niets gepland. Ik heb haar nooit ontmoet. Een keer heeft ze me in het ziekenhuis gebeld en toen was ik half verdoofd. Wat er die nacht is gebeurd, heb ik niet van haar gehoord maar in de krant gelezen. Was ze blij met het geld?'

'Ja,' lieg ik. 'Heel blij.'

Als ik ophang, belt mijn blonde chauffeur. Of ik mee boodschappen ga doen met haar? Opnieuw rijden we voorbij mijlpaal 308, maar dit keer remt ze zelfs niet. Ik kijk voor me uit.

'Hoe heet je?'

'Joanne,' zegt ze.

'David,' zeg ik

'*Nice to meet you, David.*'

Maar als ik haar vraag of de grootmoeder in het huis bij de

rivier een joodse is, wil ze weten hoe ik daarbij kom.

'Draagt ze zwarte kleren en een pruik? Vertelt ze over haar jeugd in de kampen? Spreekt ze Engels met een zwaar accent?'

Ze schatert het uit. Mijn Anne Frank is geen Anne Frank. Ze is niet joods en ook niet Middeneuropees. Ze heeft niet meer wereld dan de bergen hier. Geen romantiek van treinen en koffiehuizen en kuuroorden en namen als Odessa, Petrograd of Minsk. Ik ben te lang alleen geweest.

Op de dag dat mijn broer zijn rijbewijs haalde, nam hij Sarah mee voor een tochtje naar zee. Sarah was nog nooit aan zee geweest, dat mocht niet van haar grootmoeder, die de zee associeerde met blote mensen, zonde en verval. Ze was meteen verloren, wilde voortaan zodra het even kon naar zee. Waarom waren de joden in veertig niet naar de zee gerend en in bootjes gesprongen? Waarom hadden ze niet geroeid voor hun leven? Waarom waren ze zo lijdzaam geweest? Ze wees naar de zee, sloeg met haar vlakke hand tegen haar voorhoofd, schudde haar hoofd.

Nu wilde ik ook kunnen rijden. Mijn broer leerde het me, maar Sarah wilde niet met me mee. Het spijt me, zei ze, het spijt me, en ze sloot de deur voor mijn neus. Zij en mijn broer sloegen zelden een zondag over. Ze reden naar zee of naar het vroegere concentratiekamp, dat nu een monument was. Sarah wilde telkens opnieuw door de poort lopen waar de gevangenen door naar binnen werden gedreven. Ze ging in een ruimte staan alsof het een dodenkamer was waar zij vergast zou worden, ze leunde tegen het prikkeldraad alsof zij gevangen was gezet. Misschien was het haar nog het meest te doen om de foto's uit Poolse vernietigingskampen, de bergen schoenen, brillen, lijken, de rijen naakte mensen. Ik kan me niet voorstellen dat mijn broer ooit de kans kreeg om haar te zoenen.

Op een dag werd er achter hun uitstapjes een punt gezet. Mijn broer belde aan en herkende het meisje dat de deur voor hem openhield eerst niet.

'Mijn god, Sarah!'

'Ik heet Gerda,' zei ze.

Haar haar was kort en blond, haar neus zat in het verband.

Ik was altijd degene die mijn naam zou veranderen. Ik zou me laten besnijden en me in haar godsdienst laten opnemen. Ik zou een keppeltje op mijn hoofd zetten en als jood door het leven gaan.

Op een zaterdag stopte een witte taxi voor het huis met de smeedijzeren spin. Een blond meisje met een kleine neus stapte naar buiten in een lange witte jurk en nam plaats op de achterbank naast een man in een zwart pak. De oude vrouw bleef thuis.

Iedereen heeft me gewaarschuwd voor de hoogte hier. Er zit weinig zuurstof in de lucht. Vermijd bruuske bewegingen en plotselinge beslissingen. Doe alles langzaam. Maar toch bel ik haar.

Of ze thuis is vandaag? Ja. En of ik nog eens mag komen. Natuurlijk ben ik welkom. Maar misschien heeft zij zin om hiernaar toe te komen en langs het meer te wandelen. Nee, dat zou moeilijk zijn. Haar grootmoeder. Ja natuurlijk, haar grootmoeder.

'Ik moest je dit nog geven,' zeg ik.

'Dank je,' zegt ze, en ze legt de envelop ongeopend op een kast. Dan toont ze me een foto.

'Dat ben ik.'

'Ik dacht dat het je broer was.'

'Hoe kom je aan die foto?'

'Uit zijn portefeuille. Ik wou weten wie hij was. Hoe hij heette. Waar hij vandaan kwam.'

'Heb je bij de anderen ook gekeken?'

'Nee, nee. Die zaten vast in de wagen, behalve zijn vriend, maar die leek leeg te bloeden. Maar je broer... ik dacht, ik moet zijn naam kennen, dan zeg ik die de hele tijd tegen hem, zo haal ik hem terug.'

'Je dacht dat hij dood was?'

'Dood was of doodging. Hij zag er dood uit en hij zag er niet dood uit. Dus legde ik me dicht tegen hem aan, duwde de warmte van mijn lichaam zijn lichaam in, liet hem niet gaan. Toen keek ik in zijn portefeuille. Ik zocht een document waarop zijn naam stond, maar ik ontdekte foto's. Besloot er eentje te houden. Ik vond dat ik daar recht op had.'

'Waarom wou je hem niet laten gaan?'

'Ik wou het noodlot keren.'

'En heb je het gekeerd?'

'Ik heb het gekeerd.'

'Vroeger,' zeg ik, 'woonde in het huis naast het onze een meisje dat geloofde dat er twee manen waren, de maan vooraan en de maan achteraan. En het is waar. Er zijn twee manen, de maan vooraan zie je als je door het raam aan de straatkant kijkt, de maan achteraan als je door het raam aan de tuinkant kijkt. Mag ik je vannacht de twee manen tonen?'

Ze glimlacht. Zegt: 'Vroeger wou ik altijd slapen in het licht van de maan. Als het op warme zomerdagen volle maan was, sliep ik in een slaapzak in de tuin. Mijn grootmoeder was razend als ik dat deed. Ze zei dat ik nog bleker zou worden dan ik al was, en dat het maanlicht me gek zou maken. Ik luisterde niet naar haar maar ze heeft voor de helft gelijk gekregen. Ik ben zo bleek als de maan.'

'Dan weet je of de maan overal ter wereld dezelfde is. Ziet iedereen dezelfde maan?'

'Nee, natuurlijk niet. Sommige mensen zien twee manen, een maan vooraan en een maan achteraan. Andere mensen zien helemaal geen maan. Vorige nacht bijvoorbeeld was hier geen maan te bekennen, al was er geen wolkje aan de lucht. En vannacht zal ze ook niet schijnen. Je moet geduld hebben met de maan. Probeer het later nog eens, je weet maar nooit. Hier,' zegt ze, en ze hangt me het medaillon om. 'Het is voor jou. Je hebt het hard nodig.'

Ik laat haar mij uitlaten. Voor ik het weet zit ik opnieuw in de Honda. Bij mijlpaal 308 parkeer ik midden op de weg, negeer de wagens achter mij. Beneden in de afgrond zie ik het grijze vlak van haar dak. Dopodomani, denk ik. En zeg het dan. Dopodomani. Geen streling op de lippen, maar een vloek. Alle vrouwen zijn hetzelfde, waar ook ter wereld, net als de maan.

Maar terug in het motel bel ik haar. Zeg haar dat het volgens mijn agenda vannacht volle maan is.

'Waar komt die agenda vandaan?'

'Uit een ver, vlak land.'

'Vreemd,' zegt ze.

'Heel vreemd. Als je wil kom ik het je laten zien. Dan kan je het met je eigen ogen zien. Je arendsogen. Die brengen toch geluk?'

Ze lacht. Een heldere, vrije lach.

Ik wacht op de nacht.

Gas

'Nee,' zei de conducteur, 'ik kan u niet zeggen hoe lang het zal duren.'

Het station kon niet ver meer zijn. Er liepen al verschillende sporen naast elkaar en er stonden losse spoorwagens gerangeerd. Toch mochten ze er niet uit. Betogers hadden het station bezet.

'Wat zou er gebeuren als we uitstapten?'

Yvonne zag zichzelf door het raam klauteren. Ze zou een been door het raam zwaaien en zich dan langzaam laten zakken. Niemand zou haar slipje zien, want ze had lange wollen kousen aan. Maar ze zou niet door het raam kunnen. Het kon maar twintig centimeter open.

'Zullen we alarm slaan?'

Ze stond al op de bank met haar hand om het handvat van het rode hamertje waarmee je het glas moest stukslaan om bij de ketting te kunnen.

'Yvonne!'

'Dit is toch een noodsituatie.'

'Yvonne, doe zoals iedereen. Ga zitten en wacht.'

Alle ogen waren op haar gericht. Ze nam het hamertje, zwaaide ermee boven haar hoofd, en zei: 'Ik vind dat we iets moeten doen. Als ik dit door het raam keil dan kruipen we gewoon naar buiten. De spoorwegen hebben niet het recht om ons opgesloten te houden.'

'Yvonne!'

'Mijn man is advocaat. Als ze een proces tegen ons aanspannen, dan pleit hij ons vrij.'

Er werd gelachen. Zo'n miezerig, verschrompeld mannetje

een advocaat! Yvonne ging zitten.

'Hang dat hamertje op zijn plaats!'

Om hem te jennen stak ze het in haar handtas. Nu zou hij de hele dag niets meer zeggen. Ze nam een rolletje pepermunt uit haar tas.

'Wil je er een?' vroeg ze lief.

Hij zweeg. Ze boog zich naar hem toe en veegde met haar hand zijn kraag schoon.

'Je hebt roos,' zei ze luid. 'Ik had toch speciale shampoo voor je gekocht. Of kan je niet meer alleen je haar wassen?'

Hij zweeg. Als ze thuis waren, zou hij al lang verdwenen zijn en zou ze er het raden naar hebben waar hij was: in een van de slaapkamers, in de kelder, in het kamertje op de overloop, of in de vroegere speelkamer van de kinderen. Overal in huis verstopte hij voedsel zodat hij dagen lang kon onderduiken. Repen chocola, doosjes rozijnen, noten, hij hamsterde het allemaal. Maar nu kon hij niet weg want zij had de kaartjes en het geld. Opnieuw knipte ze haar tas open.

'Ik heb maar één kaartje!'

Hij zei niets maar haalde het tweede kaartje uit zijn binnenzak. Sluwe vos. Hij moest het uit haar tas hebben genomen toen ze die even op de bank had gezet om haar jas weg te hangen.

'Je kan toch niet weg. Je mag er niet uit. Heb je niet gehoord wat de meneer heeft gezegd? Die meneer draagt een uniform en je moet altijd doen wat meneren in uniform zeggen.'

Maar er waren natuurlijk andere wagons waar hij naar toe kon, en straks had hij de hele stad om in te verdwijnen. Kon ze het niet beter goedmaken voor het te laat was? Ze zouden het scheerapparaat gaan ophalen dat hun oudste zoon voor reparatie naar de winkel had gebracht. Hij had het voor de verjaardag van zijn vader gekocht en nu het na een maand al stuk was, wilde hij zelf voor de reparatie opdraaien. Yvonne had de poedel van de buren ermee proberen te scheren, maar dat had ze aan niemand verteld. Joost zou het ook nog voor hen hebben opgehaald, maar ze had hem gezegd: 'Jongen, jij hebt al zoveel aan je hoofd. Je vader en ik maken er een uitstapje van.' Gezellig samen naar de stad, ze zouden het vaker moeten doen. Ze reisden toch voor de halve prijs.

'Frans, gaan we straks een pannekoek eten?'

Hij zweeg. Maar hij bleef zitten. Ze had wel een beetje overdreven. Ze nam het hamertje uit haar tas en kroop op de bank om het op zijn plaats te hangen.

'Mevrouw, wat doet u?'

De hamer glipte uit haar hand, ketste op de rugleuning van de bank en viel in de gleuf van een vilten hoed.

'Die hamer is eigendom van de spoorwegen, mevrouw.'

Ze greep in de gleuf van de hoed maar de conducteur was haar te vlug af.

'Zo.'

De hamer hing op zijn plaats. De man op wiens hoofd de vilten hoed stond, keek boos op. Yvonne ging gauw zitten. De plaats tegenover haar was leeg. Nu was ze alles kwijt: haar man en haar hamertje. Gelukkig had ze haar handtas nog. Ze keek naar het rode hamertje onder het alarmkastje.

'Pak het maar.'

Het was de man schuin tegenover haar.

'Doe maar.'

Maar ze vertrouwde hem niet. Frans had naast hem gezeten, ze konden iets hebben afgesproken. De man ging staan en pakte het hamertje. Hij kon erbij zonder op de bank te kruipen.

'Alsjeblieft.'

Ze griste het uit zijn handen en stopte het in haar tas. Het was haar hamertje. Door de luidspreker klonk een aankondiging. De ongeregeldheden in het station waren nog niet opgelost. De betogers probeerden de perrons te bezetten en de politie slaagde er niet in hen te verdrijven. De passagiers moesten rustig blijven zitten.

'En voor dit geklungel betalen wij belastingen,' zei de man die haar het hamertje had gegeven.

'Hebt u mijn man zien weggaan?'

'Ja,' zei hij. 'Die kant uit.'

De deur van de wagon schoof open, maar het was Frans niet. Het was de man met het drankkarretje.

'Gegeven de noodsituatie heeft elke passagier recht op één gratis consumptie.'

'Zie je wel dat het een noodsituatie is!'

Ze had, zoals altijd, gelijk gehad.

'Koffie graag,' zei ze.

'En het hamertje?' vroeg haar zoon.

Ze knipte haar tas open en legde het tussen de paperassen op zijn bureau.

'Mama toch!'

'Het is gewoon een eerlijke ruil. Meer dan een uur hebben ze ons laten wachten. Er zat een jongen in mijn wagon die een sollicitatiegesprek had. Bij de elektriciteitsmaatschappij. De concurrentie, zeg maar.'

'Gas en elektriciteit zijn geen concurrentie, mama.'

'Ik kook niet meer elektrisch nu jij dit baantje hebt. Je moet je kinderen steunen. Ik hou van gas,' zei ze en ze ging voor de bontgekleurde kaart staan waarop de routes waren aangegeven die het gas aflegde van bron naar verbruiker.

'Wat is het verschil tussen de rode en de groene pijlen?'

'Mama, je moet die hamer terugbrengen.'

'Hij is van mij. Ik heb hem gekregen.' Ze borg het rode hamertje weg in haar handtas. 'Denk je dat ik zo'n kaart zou kunnen hebben?'

'Ik zal het vragen.'

'Waarom vraag je het niet meteen?'

'Omdat er nu niemand is op de promotie-afdeling.'

'Waarom niet?'

'Dat weet ik niet.'

'Jij weet nooit iets. Weet je al wanneer die ruit wordt gemaakt?'

'De glazenmaker heeft beloofd te komen.'

'Beloofd, beloofd. Je moet achter zo'n man aan zitten, Joost.'

'Het is geregeld, mama.'

'Zal ik voor je bellen?'

Ze legde haar hand op de hoorn.

'Heb je het nummer?'

Ze hield de hoorn bij haar oor, had haar vinger op de draaischijf. Joost nam de hoorn uit haar hand en legde hem neer. 'Nu loopt hij weg,' dacht ze, maar hij bleef zitten. Ze was maar een oud mens voor hem.

'Gaan we een pannekoek eten? Ik trakteer.'

'Ik heb werk, mama.'

'Jij bent al even ongezellig als je vader. De promotie-afdeling is er toch ook tussenuit. Ik haal het scheerapparaat op, dan heb jij tijd om je werk af te maken. Over drie kwartiertjes bij het pannekoekenhuisje?'

'Moet je dan niet op zoek gaan naar papa?'

'Naar papa?'

De deuren van de metro schoven dicht. Yvonne ging naast een meisje van een jaar of achttien staan. Ze zuchtte luid, maar het meisje bleef zitten.

'Mevrouw?'

Ze draaide zich om en keek in het vriendelijke gezicht van een jongeman. Hij droeg een rode wollen muts.

'Dank je,' zei ze. Ze ging zitten. De bank was lekker opgewarmd, ze voelde zich heel intiem met hem. Voor een tweede keer op haar reis die dag klonk een aankondiging door de luidspreker.

'Vanwege de betoging is het eerstvolgende station tijdelijk gesloten. Reizigers wordt verzocht hiermee rekening te houden.'

'Maar ik moet er daar uit,' zei Yvonne luid.

Niemand anders reageerde. De metrotrein reed langzaam door het lege station. Geen van de reizigers gaf een krimp.

'Wat een makke bende,' dacht Yvonne. Ze haalde het hamertje uit haar tas en tikte ermee op de ruit. En opnieuw, harder nu.

'Mevrouw!'

Het was de jongeman met de rode wollen muts.

'Gewoon laten zien dat we er zijn. Gaat u naar de betoging?'

'Nee,' zei hij.

Ze stopte het hamertje in haar tas.

Op de roltrap hoorde ze al het geschreeuw en getoeter op straat. 'Wij laten niet met ons sollen, we zullen de minister rollen!' De betogers hadden rode vlaggen en witte spandoeken bij zich. Op het kruispunt versperden rijkswachters te paard de weg naar het parlement. Kom op, dacht Yvonne, doen jongens. Maar de betogers liepen rechtdoor. Lafbekken, dacht ze, en sloeg zelf de straat naar het parlement in. Ze werd niet tegengehouden. En als er nu eens een bom in mijn tasje zat, dacht ze. Ze zag zichzelf met een fikse armzwaai een bom gooien naar het parlement. Het was een zwarte, glimmende bol waar een eindje lont uitstak, en zij hanteerde hem als een gespierde kogelstootster. Nu zat ze natuurlijk in de verkeerde straat. Ze keerde op haar schreden terug. Als ze zich niet haastte, haalde ze haar afspraak niet. Maar de winkel was weg! Ze had goed opgelet, en toch moest ze er voorbij zijn gelopen. Ze stak de straat over om de situatie van de overkant af te overzien. Natuurlijk was ze er voorbijgelopen, er zat een luik voor het raam. 'Gesloten wegens betoging', stond op een met de hand geschreven briefje. Maar er waren in de verste verte geen betogers te zien! Ze sloeg met haar vuist op het luik. Het rammelde luid. 'Maak open!' riep ze. 'Ik mocht vandaag het scheerapparaat van mijn man komen ophalen.' Er gebeurde niets. Geen kat op straat. Het was nog nooit zo rustig geweest.

'Ik haal het morgen wel voor je op,' zei Joost. 'Je had beter thuis kunnen blijven.'

'Een mens moet onder de mensen komen. Weet jij waarom er wordt betoogd?'

'Geen idee. Wat neem je?'

'Een pannekoek met appeltjes en banaan. Heb je veel gas verkocht vandaag?'

'Valt wel mee.'

'Wat gebeurt er als iemand nu gas nodig heeft?'

'Dan moet die wachten tot morgen.'

Yvonne zuchtte. Er was zoveel dat ze niet begreep van gas.

Zoals hoe het vloeibaar kon worden en daarna weer gasvormig. Hoe het kon worden bewaard door het in oude steenkolenmijnen te injecteren, en vooral hoe het daarna aan die steenkolenmijnen kon worden onttrokken. Ze zou er zo graag eens bij zijn als het gebeurde, maar dat was verboden. Zelfs Joost had geen toegang.

'Ik ga even bellen,' zei hij.

De serveerster bracht een schoteltje met de rekening.

'Mijn zoon betaalt,' zei Yvonne en ze schoof het schoteltje naar zijn bord. Op straat gaf ze hem een arm.

'Je zou meer aan sport moeten doen. Je loopt als een houten mannetje.'

'Marjan en ik gaan iedere zondag zwemmen.'

'Zwemmen is geen sport.'

'Wat is het dan wel?'

'Ontspanning.'

'En jullie, doen jullie aan sport?'

Ze dacht te antwoorden: wij spelen verstoppertje, maar ze zei: 'Wij stappen in en uit treinen, wij kruipen op banken.'

Hij lachte.

'Misschien zien we papa straks op het station.'

'Wie weet,' zei ze. Maar ze geloofde er niets van. Hij was vast met de eerste trein naar huis teruggekeerd om rustig proviand in te slaan en een plek te zoeken waar hij zich een paar dagen kon verbergen. Vreemd toch dat hun zoon die alles over gas wist, niets over zijn ouders wist.

'Houden jij en Marjan nog altijd van elkaar?'

'Ja, natuurlijk,' zei hij.

Hij kocht een kaartje voor haar. Ze zei hem niet dat ze een retourtje in haar tas had, de jongen voelde zich zo graag nuttig. Hij en Marjan konden geen kinderen krijgen, jammer was dat. Op weg naar de perrons trok hij haar het kantoor binnen waar informatie aan de reizigers werd verschaft.

'Mijn moeder had graag iets aan u overhandigd,' zei hij met een veelbetekenende blik op haar handtas.

'Niets daarvan,' zei ze en ze legde haar hand beschermend op haar tas.

'Mama, toe.'

Ze liep het kantoor uit en ging de trap af naar de perrons. Ze zou hem straks met de hamer een tik op zijn hoofd geven. Wat dacht hij wel? Ze zou hem zeggen dat hij haar zoon niet was. Dat ze hem had gevonden ergens in een goot.

'Mama!'

Ze keek niet om.

'Mama!'

'Jongen, waarom zoek je je auto niet op. Ik kom wel thuis. Ik ben geen kind.'

Wat keek hij droevig! Nu moest ze hem een aai geven.

'Je bent erg lief, heus. Je bent een alleraardigste zoon.'

De trein reed het station binnen en ze stapte gauw in. Wat een zeurkous die jongen! Het was haar nooit eerder opgevallen, maar dat kwam wellicht omdat het met zijn broer nog veel erger was gesteld. In het volgende station stapte een luidruchtige bende in. Ze wilde hun vragen om wat stiller te zijn, maar toen besefte ze dat ze van de betoging kwamen. Sommigen hadden een vlag of een spandoek bij zich. Het moest een erg prettige betoging zijn geweest want ze lachten en zongen luid.

'Neem me niet kwalijk,' zei Yvonne, 'maar waarom hebt u betoogd?'

Dat zouden ze haar eens uitleggen. De staat had jaren de fabriek waar ze werkten gesubsidieerd, maar had er niet op toegezien dat het geld goed werd besteed. Natuurlijk hadden de bazen het in hun eigen zak gestopt. En nu was de fabriek failliet en weigerde de overheid verdere steun. Voor de bazen was dat geen probleem, want die hadden hun bankrekening in Zwitserland, maar zij stonden op straat.

'Mevrouw,' zeiden ze, 'de arbeider is altijd de dupe. Maar we nemen het niet langer.'

'Nee,' zei Yvonne, 'we nemen het niet langer.'

Geen gaslucht in de hal. Ze was de hele dag vaag ongerust geweest omdat ze zich niet kon herinneren of ze voor ze vertrok de knoppen van het fornuis had gecontroleerd. Stel dat Frans bij wijze van verzoenend gebaar beneden was gaan zitten wachten op haar, en dat ze een knop van het fornuis zou hebben opengelaten. Frans rook nooit iets. Ze kon het eten laten aanbranden, ze kon een wind laten in zijn bijzijn, hij rook het niet. Ze zou hem levenloos vinden in zijn stoel, ze zou denken: mijn god, ik heb hem vermoord! En het zou misschien door zijn hoofd zijn geflitst vlak voor hij het bewustzijn verloor: Yvonne heeft me vermoord. En het zou niet waar zijn. Geen haar op haar hoofd die eraan dacht zich van Frans te ontdoen. Hij moest zich maar zelf van kant maken. Al die stellen die elkaar beloofden als ze echt oud en sukkelachtig werden het lijden niet nodeloos te rekken! Voor Frans wilde ze geen misdaad op haar geweten hebben. Maar de woonkamer was leeg en het rook er niet naar gas. Ze haalde opgelucht adem.

Yvonne dacht: Als ik nu de gaskraan opendraai en rustig blijf zitten. Als ik begin te koken, aardappelen schil, vlees uit de koelkast neem, boontjes schoonmaak, de pannen op het vuur zet, de knoppen opendraai, maar geen lucifer aanstrijk. Al kokend bezweken. Ze kon er net zo goed vandaag een punt achter zetten. Al dat leven dat geleefd moest worden, het was zo'n gedoe. Waar zat Frans? Kon hij haar voetstappen horen? Waarom zou ze koken als hij er niet was? Zij had genoeg aan een boterham. Maar wat als Frans straks in de keuken stond en vroeg wat ze aten? Twintig na zes. Lang na etenstijd. Ze keek in de koelkast. Er waren twee potjes yoghurt verdwenen, dat was alles.

'Frans, ben je thuis? Frans, het eten staat op tafel. Rode kool speciaal voor jou. Laat het niet koud worden.'

Verdomme Frans. Het ondraaglijke was niet te weten of hij in huis was of niet. Ze nam een pakje gedroogde champignonsoep uit de kast, vulde de ketel met water en zette hem op het vuur. Het hamertje zat nog in haar tas! Ze moest er een bergplaats voor vinden, een plek waar Frans het niet zou vinden, en ook Joost niet. Als er iets in huis moest worden opgeknapt deed hij het, want Frans had geen handen aan zijn lijf, maar dan zat hij in al haar kasten te rommelen. Zelfs als ze al het gereedschap dat hij nodig kon hebben had klaargelegd, dan vond hij nog altijd een excuus om al haar kasten en laden open te trekken. Frans deed het achter haar rug, als ze het huis uit was. Om te weten hoever hij zou gaan, had ze ooit een pakje rozijnen achter de voorraad suiker verstopt, en een dag later was het al verdwenen. Niets in dit huis was veilig. Het ergste was dat alle bergplaatsen door Frans waren ingepalmd. Om zeker te zijn, zou ze het hamertje in de tuin moeten begraven. Maar dat was ook geen oplossing, want als hij in een van de kamers aan de achterkant zat, kon hij haar bespieden, zoals de kinderen dat vroeger deden als zij en Frans paaseieren gingen verstoppen. De ketel begon te fluiten. Woest en geïrriteerd klonk het, alsof hij boos was omdat ze geen aandacht aan hem besteedde. Maak jij maar veel lawaai, dacht ze, en ze ging op kousevoeten de trap op. Ze keek door het sleutelgat van alle slaapkamers, van het kamertje op de overloop, van de vroegere speelkamer van de kinderen en van de badkamer. Ze zag hem niet, maar door een sleutelgat zie je natuurlijk maar een klein stukje van een kamer. Beneden floot de ketel. Waar zat Frans? De zolder was een mogelijkheid, maar Frans haatte stof en ze had de zolder in geen jaren schoongemaakt. Ze legde haar hand op de klink van de speelkamer. Plotseling was ze bang dat Frans daar zou zitten, tussen het speelgoed van de jongens dat ze bewaard had voor de kleinkinderen die nooit waren gekomen. Als hij de indianenveren van Joost of de cowboyhoed van Mon op zijn hoofd had gezet, dan zou ze een dokter bellen. Langzaam duwde ze de klink naar beneden. De kamer was leeg. Maar de scharnieren van de deur hadden gepiept. Waar hij ook was in huis, hij zou weten dat ze op zoek was naar hem.

'Frans, het eten is klaar!'

Elk moment kon hij nu achter haar staan. Waar kon ze het hamertje kwijt? Ze zou het terugbrengen. Ze zou Joost bellen en hem vragen het te komen halen. Ze zou zeggen dat ze had ingezien dat hij gelijk had. Als hij nog niet thuis was, zou ze Marjan vragen of hij haar wou bellen zodra hij thuiskwam. Ze mocht niet in paniek raken, ze moest rustig blijven, zoals passagiers in een trein in nood. Ze ging zo stil ze kon de trap af naar de woonkamer, waar de telefoon stond, maar voor ze de deur opendeed, bukte ze zich voor het sleutelgat van de zitkamerdeur. Ze keek recht in zijn gezicht! Hij moest het erom gedaan hebben, het kon niet anders of hij had de stoel zo gedraaid dat ze hem zou zien als ze door het sleutelgat keek. Maar hij maakte haar niet bang. Hij zag er ontzettend klein uit want hij was helemaal weggezakt in de grote stoel, zijn mond hing open en zijn ogen waren dicht. Heel langzaam duwde ze de klink van de woonkamerdeur naar beneden. Als ze hem niet wakker maakte, hoefde ze niet te koken. Ze kon hem altijd zeggen dat ze had gedacht dat hij nog niet thuis was. De ketel floot niet meer, al het water was verdampt. Ze zette het gas uit en vulde de ketel opnieuw. Ze draaide de knop van het fornuis open, hoorde het gas ontsnappen en draaide hem weer dicht. Hij is dood, dacht ze. Hij slaapt niet, hij is dood. 'Frans!' Ze liep naar de gang en trok de deur van de zitkamer open. 'Frans, Frans!' Ze nam hem bij de schouders en schudde hem door elkaar. 'Frans!'

'Wat is er?'

'Niets,' zei ze. 'Ik dacht dat je niet wist dat ik thuis was. Heb jij al gegeten?'

'Nee, ik zat te wachten tot je thuiskwam.'

Nu moest ze toch nog koken! Ze sloot de deur en haastte zich naar de keuken. Voor ze de boontjes begon schoon te maken, nam ze het rode hamertje uit haar tas en legde het bij het gereedschap. Wie het het eerst zou vinden, mocht het hebben. 'Ik had uien moeten kopen,' dacht ze, 'boontjes zijn zoveel lekkerder als je ze even opstooft met een uitje.' Maar Frans zou er niets over zeggen. Hij proefde nauwelijks wat ze hem voorschotelde. Arme Frans, geen reuk- of smaakorgaan! Ze had haar leven gesleten met een man die haar geroken noch geproefd had. Ze begon te zingen.

Appels en zwam

Het huis lag open. Werklieden hadden de pleisterlaag van de plafonds verwijderd en de balken blootgelegd. In alle kamers was langs de stijlen van de deuren een krater in de bezetting gekapt. Op de bodem liepen leidingen, buizen en bedrading als rivieren die zich een weg door het bakstenen landschap hadden gebaand. Behangpapier uit een vorige eeuw krulde langs de kraterranden – vervaalde kleuren en statige motieven, het zou allemaal moeten worden verwijderd en vervangen. Werkvolk zou opnieuw het huis binnenkomen langs voor-, achter- en zijdeuren, met zware tred de trap opgaan, kamers binnendringen, ramen opengooien, aan de slag gaan. Maar nu was het stil, zo stil dat Vera Gerstal zachtjes zong toen ze de deur van haar slaapkamer opentrok, de trap afging naar het kamertje waar de w.c. stond, en daarna weer opging tot ze bij de badkamer kwam. Vera keek naar buiten, zag de appelbomen, het gras en de schommel, en begon luider te zingen. Ze draaide de kraan open en hoorde het water in de koperen buizen sissen. Een tak tikte tegen het raam. Een vogel tjilpte. Het was geen minuut stil. Vera voelde in de krater links van de wastafel en legde haar hand op de koperen buis waardoor het water naar de kraan stroomde. Koper, wist ze, was tegen alles bestand. Als de wereld van koper was gemaakt, ging hij nooit stuk.

Vera Gerstal was gelukkig. Ze keek naar haar arm en wist dat daarbinnen aders, zenuwen en lymfevaten liepen, precies zoals leidingen in de muren van een huis, precies zoals nerven in de bladeren van een appelboom. Plop, zei de stop toen ze aan het kettinkje trok en het water kolkte weg door de afvoerbuis. Vera kende elke leiding in het huis. Ze wist waar water, gas en elektriciteit binnenkwamen, waar ze werden afgetapt en gemeten. Ze wist waar de kabel lag waarlangs televisiebeelden werden binnengevoerd, en kon de draad herkennen die stemmen naar de telefoon bracht. Het huis had geen enkel geheim voor haar. Het huis had duizenden geheimen voor haar.

Drie dagen en nachten had het geklop geduurd van houwelen, hamers, boren en beitels op pleister, hout en baksteen. Mannen in grijze, witte, blauwe en beige overalls hadden in ploegen elkaar afgelost. Ze hadden op haar slapen en achter haar ogen geklopt, op haar neusbeen en haar tandvlees. Trillingen waren langs haar slokdarm en luchtpijp geschokt, hadden in haar maag gedaverd. Uit een vaag verlangen om de werklieden gunstig te stemmen, had ze koffie voor hen gezet, boterhammen gesmeerd, kratten bier aangesleurd. De mannen hadden gegeten en gedronken wat ze hun bracht, en waren doorgegaan met hun werk. Omdat ze niets zeiden, had ze vragen gesteld. Of het werk hun zwaar viel. Of ze een lange opleiding hadden gekregen. Of ze haar hulp konden gebruiken. 'Hebt u een emmer?' had een van hen ten slotte gevraagd. Ze was de trap afgerend tot in de kelder, waar ze drie groene emmers wist te staan. In de ene zat geen bodem en van de tweede was het handvat stuk, maar de derde was een gaaf exemplaar.

Nu was Vera de emmer kwijt. Hij was waarschijnlijk door de werklieden met de vrachten puin mee naar de vuilnisbelt gevoerd. Er was veel verdwenen die dagen, de handspiegel waarmee ze kon kijken of haar haar van achteren goed zat, de pen waarmee ze in vier verschillende kleuren kon schrijven, de laarsjes die ze droeg in de tuin. De tweede dag had ze haar nachthemd niet meer kunnen vinden en de derde dag waren drie slipjes zoek. Toen was er de opwindende angst geweest dat de zwijgzame mannen háár zouden aanpakken. Dat ze zich van de muren en de vloeren en de buizen zouden afkeren, en haar te lijf zouden gaan. Hand op haar schouder en met een ruk haar arm uit de kom. Haar haar bijeengepakt en met een schaar in één knip eraf. Met een mesje een snee in haar huid en aders blootgelegd. Mond en kut uitgeschraapt.

Opnieuw had ze bij de kamers waar de mannen werkten getreuzeld. Ze had een strijkplank opgesteld op de overloop die ze voortdurend overstaken. Ze had gestreken, ze had gewacht, ze had gehoopt hun stomheid te begrijpen. Tot de laatste minuut had ze haar hersenen gepijnigd om de vraag te vinden waarmee ze hen aan de praat zou krijgen. Plotseling was alles snel gegaan. Het lawaai was opgehouden en de mannen waren naar buiten gestroomd. Ze had hen niet kunnen tegenhouden, ze zagen haar niet staan. Maar de man voor wie ze de emmer had mogen halen, had haar gewenkt. 'Zwam,' had hij gezegd. Hij had met zijn hiel op de planken gestampt, was erdoor geschoten. 'Zwam,' had hij herhaald en had de deur van het huis achter zich dichtgetrokken. Nu zag ook Vera de witte vlekken op verschillende balken, alsof iemand er een pannekoek tegenaan had gekwakt. Ze zag de rottende planken die vroeger onderaan door pleister en bovenaan door vast tapijt of linoleum waren bedekt. Waar geen zwam was, zaten zwamsporen, zodat het huis vroeg of laat onbewoonbaar zou worden verklaard, tenzij al het hout werd vervangen.

Vera Gerstal liep van kamer naar kamer, trapte door de rotte planken, porde met een bezemsteel in de zwammen. Ze tastte met haar hand in een gat in de plankenvloer, voelde het vermolmde hout van de steunbalk, haalde er moeiteloos een stuk af. In een kamer op de eerste verdieping lichtte ze losliggende plankjes uit de vloer en gaf een ruk aan de ketting die om een tussenbalk was bevestigd. Hier zat geen zwam. De balken waren balken en de planken waren planken, maar bijna overal elders waren ze opnieuw hout dat werd afgebroken en vermolmd in de aarde zou verdwijnen.

Kilometers verder, in het centrum van de stad, zette een jonge blonde vrouw de tip van haar rode schoen in de magische rechthoek voor de automatische deuren van een hoog kantoorgebouw, ergerde zich omdat er niets gebeurde, maar nog voor ze haar tweede voet naast de eerste had kunnen zetten, schoven de deuren open en stapte ze het gebouw binnen, waar een bank, een verzekeringsmaatschappij, een kamer van koophandel en een schoonmaakbedrijf waren gevestigd. Ze knikte naar het meisje in de glazen cel in de hal en stapte in de lift. 'Dank u,' zei ze tegen de metalen wanden van de liftkooi toen ze voelde dat ze werd omhooggehesen, weg van het glazen hok waar tot voor kort zijzelf had gezeten. Onder haar arm in een lederen aktentas zat het Windels-Gerstal-dossier. Haar eerste dossier en ze wist dat het niet deugde. Al droeg Louise Gijbels rode schoentjes met hoge hakken en had ze blonde krullen en een rood geverfde mond, toch had ze ieder stuk gisteren in haar flat tot laat in de nacht aandachtig gelezen en herlezen. Het dossier rammelde als een gammele wagen. Het tochtte als de hal beneden, waar ze drie lange jaren had gesleten met haar studieboeken op haar knieën, tot ze lang genoeg naar de letters en getallen had getuurd om voor alle examens met glans te slagen en ze stage mocht lopen hogerop in het gebouw. Windels-Gerstal. Lek als een vergiet. Als ze het kon bewijzen, zou ze nooit meer de binnenkant van die glazen kooi hoeven te zien. Formeel was het dossier volstrekt in orde. Alle stukken zaten erin, verklaringen van de getuigen, van de notaris, van buren, telkens opgesteld in de geijkte formules en voorzien van de nodige stempels en handtekeningen. Maar het klopte niet.

'Vrouwelijke intuïtie zeker,' zei Dirk, die jaren haar mentor was geweest.

'Ja,' zei ze. 'Zo zou je het kunnen noemen.'

In het souterrain van het gebouw, drie meter onder de glazen kooi in de hal, duwde Stefaan Windels zijn borsalino naar achteren, tikte op zijn kaken en stak zijn tong uit. Hij voelde zich vuil, waste zich niet graag in de badkamer die grotendeels opgebroken was. Hij probeerde het stof in zijn neus, keel en luchtpijp op te hoesten. Hij haalde een flesje after-shave uit zijn tas, liet enkele druppels in de palm van zijn hand lopen en kletste ze tegen zijn gezicht. Hij wreef met zijn tong over zijn tanden, liet zijn hoofd naar zijn rechterschouder hellen, en rolde het naar achteren tot bij zijn linkerschouder. Hij krulde zijn tenen, haalde diep adem, sloeg zijn hielen tegen elkaar. Toen schoof hij zijn borsalino terug naar voren, klemde zijn aktentas onder zijn arm en trok een grimas. Hij nam de metalen trap naar de hal en glimlachte naar het meisje in de glazen kooi, zonder wie de personeelstoiletten voor hem verboden gebied zouden zijn geweest.

'Dag schat,' zei hij, en hij stapte op zijn beurt de lift in.

Op de vierde verdieping drukte Louise Gijbels het hendeltje onder het zitvlak van haar kantoorstoel in en liet de stoel tot in de hoogst mogelijke positie schieten. Ze schopte haar rode schoentjes uit en liet haar voeten in het ijle bengelen, maar dat zou wie tegenover haar plaats nam niet kunnen zien. Ze zette een bandrecordertje op de ladenkast onder het blad van haar bureau en drukte de knop in. Ze had die ochtend twee paar schoudervullingen onder de bandjes van haar b.h. geschoven.

'En welke feiten,' vroeg Louise Gijbels toen Stefaan Windels ruim een kwartier na de afgesproken tijd door de secretaresse was aangemeld en na omslachtig gedoe met zijn jas en hoed tegenover haar had plaats genomen, 'hebben aanleiding gegeven tot uw vermoeden dat de vorige eigenaar op de hoogte was van de aanwezigheid van zwam in de woning die hij te koop aanbood?'

Ze tikte afwisselend met de punt en met het uiteinde van haar pen op het dossier. Het was een mooie, dure pen. Stefaan Windels keek van haar gezicht naar haar handen en terug naar haar gezicht. Hij glimlachte zijn tanden bloot, klikte toen de aktentas op zijn knieën open. Hij legde een stapeltje foto's op het witte blad van het bureau, en vouwde de plattegrond van het huis open.

'Hebt u tijd?' vroeg hij. 'Het is een lang verhaal.'

Nu keek hij recht in haar ogen. Besefte dat ze zichzelf het voordeel van een hogere stoel had gegeven . Hij dacht aan Vera. Hoe ze diep in slaap was geweest toen hij het huis was uitgeslopen. Hoe zielsgelukkig ze was in het huis waar alles open lag.

'Alle tijd,' zei Louise, en ze wierp een blik op de bandrecorder. De spoelen draaiden. Ze greep naar het hendeltje onder het zitvlak van haar stoel. Wilde kijken of hij nog iets hoger kon, maar besefte gelukkig bijtijds dat hij onder haar lichaamsgewicht naar beneden zou schieten.

Vera Gerstal kwam van ver. Van lawaai, van elke cent drie keer omdraaien voor ze hem uitgaf, van een straat tussen een luchthaven en een autoweg. Lang geleden stapte ze op een zomerdag uit de bus, stak het parkeerterrein aan de dorpskant over en liep door de voetgangerstunnel onder de autoweg naar de straat waar ze woonde. 'Dag,' zei ze tegen Jana die uit haar raam hing, en dag tegen Jeroen en Clara die aan het hinkelen waren, en dag tegen de kinderen die in het klimrek hingen. Ze duwde het hekje open, liep tot bij de voordeur, trok aan de bel, draaide de sleutel in het slot, riep: joehoe ik ben thuis, en ging de trap op tot de hoogste verdieping. Ze klom langs een ladder tot in de nok van het huis, waar ze een kamer had die net groot genoeg was voor een bed, een kast en een tafeltje. Een vliegtuig scheerde over het huis, ze wou het raam sluiten maar zag toen dat het al was gesloten.

Zacht gebrom, gezoem, gemor als van een verwarmingsketel of een wasmachine, maar het was een broeierige zomerdag en de wasmachine was al weken stuk. Dan maar de radio aangezet, zo wist ze waar het geluid vandaan kwam. 'Ik zou graag een plaatje draaien voor alle meisjes die eenzaam zijn vandaag.' Vera Gerstal draaide de knop verder open hoewel ze helemaal niet eenzaam was. Ze vond het gewoon een mooi liedje.

De dingen die ze deden in dat huis om de lange, lege dagen te vullen. Ramen openzetten en gilwedstrijden houden. Proberen een boodschap door te schreeuwen van huis naar huis, gieren van het lachen om de vervormingen. Of ze organiseerden estafettes. Zakspringen van de autoweg naar de luchthaven. Op de tippen van hun tenen lopen. Een knikker in een lepel overbrengen. Vera was recordhoudster op één been springen omdat niemand anders het volhield, tot op een dag een lange jongen zijn intrek nam in het huis. 'Wat doe je hier?' vroeg Vera, die hem zag staan in de deuropening van de kamer onder de hare. 'Kijken,' zei hij. Het meisje dat vroeger de kamer bewoonde, was vertrokken zonder afscheid te nemen.

Een week later finishte Olivier seconden na Vera, die besefte dat hij haar moeiteloos had kunnen verslaan. Later zaten ze samen in het klimrek.

'Waarom heb je...'

Olivier fronste zijn voorhoofd en wenkbrauwen, haalde zijn schouders op. Een vliegtuig brulde boven hen, de zon weerkaatste in het metaal. Tegelijk keken Vera en Olivier omhoog en knipperden met hun ogen. Zo zaten ze hoog in het klimrek, verdoofd en verblind. Seconden duurde het, toen was het voorbij.

'Waarom heb je me laten...'

Maar een volgend vliegtuig scheerde over hun hoofd.

'Waarom heb je me laten winnen?' vroeg Vera binnen in het huis.

'Van toen ik zo groot was, doe ik aan atletiek,' zei hij, en hij hield zijn hand een meter boven de grond. 'Mijn moeder bewaart alle trofeeën die ik heb gewonnen. Ik wilde jou je record niet afnemen.'

'Wat...' vroeg Vera.

'...doe ik dan hier? Ik werd te lang. Groeide te hard en te snel om nog aan atletiek te doen.'

Hij maakte de punt van een handdoek nat onder de kraan, veegde Vera's gezicht schoon en zei: 'Je bent mooi, maar je moet leren je te wassen. Je ziet eruit of je hier hoort.'

'Ik hoor hier toch.'

'Je hoort hier, je hoort nergens, je hoort overal.'

'Waar hoor ik dan?'

Hij lachte. Vera dacht: als hij zegt, misschien hoor je wel bij mij, dan bekijk ik hem van mijn leven niet meer. Dan hol ik de kamer uit en ga staan kotsen boven de w.c. Maar dat zei hij niet. Dus vroeg Vera het. 'Hoor ik bij jou?' En kleurde rood, zo rood als een klaproos. Olivier zei niet: 'Wat ben je mooi als je bloost.' Olivier zei: 'Ik heb trek in een biertje.' Hoe lang was dit alles geleden? Meer dan een jaar, misschien wel anderhalf jaar.

Op de vierde verdieping van het hoge kantoorgebouw met de glazen kooi in de hal zat Stefaan Windels nog altijd tegenover Louise Gijbels. Hij had de foto's en de plattegrond op haar bureau gelegd om zijn uitleg over het huis te verduidelijken, maar voor hij er erg in had, begon hij te vertellen over zijn vrouw. 'Gerstal is haar naam.' Dat wist Louise, de naam stond op het dossier. 'Niet zomaar gewoon een vrouw,' zei Stefaan, 'helemaal geen gewone vrouw.' Hij lachte. Zei: 'Waar het hart van vol is loopt de mond van over. We waren gisteren precies zes maanden getrouwd. Het gekke is dat u me aan haar doet denken, al bent u blond en heeft zij zwart haar. Kunnen we niet elders praten? Waarom lunchen we niet samen?'

'Het is halftien, mijnheer Windels.'

'Om halfeen dan. Ik kom u ophalen.'

Hij ging staan. Louise, die niet zo gauw haar schoenen vond, ging ook staan, maar kon niet van achter haar bureau vandaan komen. Ze had nog nooit in haar leven zo'n knappe man ontmoet.

'Nee,' zei ze. Ze stond op kousevoeten, was minstens vijftien centimeter kleiner dan hij. 'Ik wens dit gesprek nu.'

'Maar u hebt het dossier. Laat het in orde brengen, daarvoor wordt u betaald.'

'Mijnheer Windels, ik heb u niet laten komen om van u te vernemen hoe ik mijn beroep moet uitoefenen. Wilt u alstublieft gaan zitten en me de ware toedracht vertellen.'

'Die is u bekend.'

'Ik wil haar nogmaals horen.'

'Als u die bandrecorder afzet.'

'Er staat geen bandrecorder aan.'

'O nee?' zei Stefaan. 'En wat is dit dan?'

'Ga op uw plaats zitten!'

Stefaan keek naar haar voeten, bukte zich en raapte haar schoenen op.

'Als u ze aantrekt, kunnen we gaan lunchen.'

'Het is te vroeg.'

'Om halfeen dan.'

'Ik ga niet met u lunchen. Ik wil dat u weer gaat zitten en het hele verhaal vertelt. Ik wil dat u zich aan de feiten houdt.'

Stefaan ging zitten op zijn lage stoel. Hij hield in elke hand een rode schoen.

'Ik heb mijn vrouw ontmoet op een luchthaven. Ze kwam kijken naar de mensen die vertrokken en aankwamen. Het was liefde op het eerste gezicht. Toen ik haar vroeg om met me te trouwen, had ze maar één voorwaarde: ze wou ergens wonen waar het stil was. Ze wou een huis met een tuin, ze wou bomen, ze wou stilte.'

'En u had geen idee van de staat waarin het huis zich bevond?'

'Nee.'

'En u had nooit eerder contact met de eigenaar?'

'Ik kende de man niet. Mijn vrouw ook niet.'

'Mijnheer Windels, indien onze maatschappij u rechtsbijstand verleent en indien achteraf zou blijken dat er bedrog in het spel is, dan zouden de gevolgen voor u en uw vrouw zeer onaangenaam kunnen zijn. Mag ik alstublieft mijn schoenen van u? U zult het huis nog even moeten laten openliggen. Ik zou graag hebben dat onze experts nog een laatste onderzoek uitvoeren.'

En opnieuw liep Stefaan tot bij de stoel van Louise Gijbels en zette de rode schoentjes keurig naast elkaar op het beige vloerkleed.

Ooit op een middag, wanneer, zeg wanneer – Olivier en Vera woonden allebei in het huis aan het einde van die vreemde straat, Vera had de kamer in de nok van het huis, Olivier de kamer waar het meisje had gewoond dat zonder afscheid was vertrokken, en het weer, hoe was het weer, het weer was goed voor de tijd van het jaar, het was september, Olivier woonde nog niet zo lang in het huis maar het was of hij er altijd had gewoond en of het meisje er nooit had gewoond. Toen. Olivier had een tas op zijn rug en in die tas stak een knijptang, een paar damesschoenen en handschoenen die tuinmannen dragen als ze rozestruiken verzorgen. Vera droeg een nauwsluitende zwarte jurk en een zwarte band in haar zwarte haar.

Olivier was iets van plan met het leven van Vera Gerstal. Hij wist precies wat ze moest doen en ze deed het ook. Ze stak samen met hem het braakland over tussen de huizenrij en de luchthaven, en keek hoe hij een gat knipte in de afrastering waarbovenop dag en nacht sterke lampen brandden. Hij ging eerst, zij volgde, wilde zich plat op de grond laten vallen want het was of ze door vliegtuigen zou worden weggemaaid, maar Olivier trok haar met zich mee.

'Vond je het spannend?' vroeg hij toen ze in een van de cafetaria's tegenover elkaar aan een tafeltje zaten.

'Heel spannend.'

'Neem mijn rugzak mee naar het toilet, trek de schoenen aan die erin zitten, en ga dan aan dat tafeltje zitten. Bestel een glaasje water. Hier is geld.'

Wat was het dat Olivier had uitgekiend? En waarom had hij dit avontuur geënsceneerd? Vera vroeg het niet, maar het antwoord was: omdat er adrenaline door haar lijf moest stromen. Haar hart moest heftig in haar borstkas tekeergaan, je moest het kunnen zien bonken onder haar zwarte jurkje. Ze moest iets tragisch over zich hebben, iets van onschuldig verloren onschuld. Pas de derde keer dat ze de luchthaven als dieven waren binnengedrongen, gebeurde wat Olivier had gehoopt. Een man sprak Vera Gerstal aan, vroeg of de stoel tegenover haar vrij was. Waarom moest dit op een luchthaven gebeuren? Omdat er een bepaald slag mensen komt. Maar mensen op een luchthaven hebben haast. Vanwege Vera Gerstal miste Stefaan Windels zijn vliegtuig. Hij zou naar Kopenhagen gevlogen zijn om deel te nemen aan een congres over veiligheidsinstallaties. Kopenhagen is een mooie stad, maar Stefaan Windels vond Vera Gerstal een veel mooiere vrouw.

Stilte. 's Morgens dauwdruppels op het gras. Nevel tussen de takken. Achter in de tuin een spoorlijn die niet meer werd gebruikt. Een houten keukentafel waarop ze de appels sorteerde die ze opraapte uit het gras, de gele, de rode, de gerimpelde, de glanzende. Een man met een borsalino en een aktentas onder zijn arm. Ze was zijn vrouw. Hij was haar man. Hij had voor hen het huis gekocht dat Olivier had uitgekozen. Alles was gegaan zoals gepland. Het huis was aangekocht, het huis was opengelegd, nu zou het worden hersteld. Maar misschien zou het niet worden hersteld. Er kwamen steeds maar nieuwe brieven van de verzekeringsmaatschappij, en Stefaan moest naar de stad om het verhaal uit te leggen. Ze hadden een huis gekocht. Het bleek in slechte staat. Haastig opgeknapt door de eigenaar om het te verkopen. Een beetje verf hier, wat stuc daar, een vezelplaat, wat vernis. Maar nog voor alles was uitgepakt kwam in de woonkamer het plafond naar beneden en viel in de keuken een deurstijl op de grond, alsof tientallen klopgeesten tegelijkertijd in actie kwamen. Later hadden ze zwam ontdekt, een ramp, zo was hun gezegd.

Vera Gerstal klopte met twee gestrekte vingers op de muren zoals een arts die een patiënt onderzoekt. Als het hol klonk, waren er verschillende mogelijkheden: verborgen leidingen, vocht, of een geheime kamer. Maar Vera dacht: daar zit Olivier. Hij heeft zich ingegraven om me te observeren, om te zien of ik alles doe wat hij heeft gezegd. Er hingen geen gordijnen waarachter hij zich kon verbergen, en alle kasten stonden open, maar in de muur was plaats voor hem. Laat je zien, laat je zien, ik weet dat je er bent. Ze ging op haar ene been staan en probeerde het andere zo hoog mogelijk op te tillen. Ze strekte haar benen, armen en vingers, ze ademde diep, ze was hopeloos verliefd. Niet op Olivier, en niet op de man met de borsalino, en ook niet op de man voor wie ze ooit een emmer uit de kelder had mogen halen. Ze was verliefd op hoe haar rokken ruisten als ze de trap afholde. Ze was verliefd op de keuken binnenkomen en de appels zien liggen op de houten tafel. Ze was verliefd op haar voet neerzetten in het hoge gras – zoveel dingen die ze moest vertrappen om een appel te redden, of soms een champignon. Ze was verliefd op de melkboer, die aanbelde in plaats van gewoon de fles voor de deur te zetten, en die op de drempel naar woorden zocht. 'Mevrouw, de melk.' 'Dank u.' Maar hij bleef staan en zij glimlachte en zei: 'Tot morgen.' Ooit zou de dag komen dat er meer zou worden gezegd of gedaan, wat was nog niet duidelijk. Of er zou helemaal niets worden gezegd of gedaan, het was ontzettend spannend. Sommige mannen leggen hun handen op je schouders en kijken in je ogen, anderen knijpen je onverhoeds in je bil of kut of borst, en nog anderen gaan voor je staan, maar dan op zo'n manier dat je niet meer weg kan, bijvoorbeeld omdat je met je rug tegen een muur staat. Dan was het niet leuk of spannend meer en was Vera niet langer verliefd. Maar toch duwden ze soms hun lippen op de hare, hun tong in haar mond, hun geslacht tegen het hare, zodat ze hen wel moest ruiken, voelen, proeven. Niets van dat alles had Olivier ooit gedaan. Hij had haar gezegd: trouw met Stefaan, en dat had ze gedaan. Het was niet spannend geweest, het was gewoon geweest. Vera Gerstal zei tegen de melkboer: 'Tot morgen', maar ze bleef staan in de deuropening, bleef ook glimlachen, zodat de arme melkboer versteende en dacht: ik wil niet weg. Hij zei: 'Hebt u koffie?' En zo zaten Vera Gerstal en de melkboer samen aan de tafel. Licht viel naar binnen. Geur van koffie. Stilte. De melkboer keek naar de mok in zijn handen, draaide hem heen en weer, en zette hem op tafel. Hij zei: 'Ik heb het gevoel dat u en ik elkaar erg goed kennen.' Vera vroeg zich af: Zijn alle mensen hetzelfde of zijn er verschillen, verschillen die binnen in de mensen zitten, niet verschillen die van buitenaf komen. Blijven mensen hetzelfde in verschillende situaties, of veranderen ze naargelang de situatie, zoals deze man, van wie de handen nu liggen tussen de appels die ik in de tuin heb geraapt, maar die straks melkflessen moet gaan grijpen of misschien grijpt hij mij wel. De melkboer vertelde over zijn zoon die aan de drugs was en die hij niet meer zag, en over het faillissement dat hij had uitgelokt omdat hij zijn vrouw die van hem weg wilde geen cent gunde, en over zijn dochter met wie het ook niet goed ging. Vera zag geen failliete zakenman, geen mislukte vader en ook geen mislukte echtgenoot. Ze zag de melkboer die ze nu het huis uit wilde, wat dacht hij wel met zijn verhalen, dacht hij misschien dat hij uniek was?

'Het leven is voor niemand gemakkelijk,' zei Vera Gerstal. 'Kijk maar naar dit huis. Zal het ooit in orde komen?'

Er waren verschillen. Sommige mannen kon ze vijf minuten verdragen, anderen een half uur en nog anderen werden nooit ondraaglijk. Maar op hen was ze niet verliefd. Of was dat juist verliefd zijn, iemand uren en uren kunnen verdragen, dagen en dagen? Was ze dan verliefd op Olivier, met wie ze in één huis had gewoond? Natuurlijk was ze verliefd op Olivier. Had hij haar niet gezegd wat ze moest doen?

En nu woonde ze hier en droeg ze alleen nog jurken en kousen en lingerie, kleren van vrouwen, zodat ze totaal verschillend was van de man met de borsalino, het scheerapparaat, de after-shave en het driedelige maatpak, zodat zij een geheim was voor hem en hij een geheim voor haar, en ze het ingewikkelde spel konden opvoeren dat liefde heette, om het geheim dat de ander was te doorgronden, maar het geheim werd alleen groter. Zoenen, voorzichtig proevend, of wild en hartstochtelijk, lippen op elkaar drukken en tongen om elkaar draaien. Met vingertoppen aarzelend strelen, of krabben, klauwen, bijten tot je bloed proefde. Het hielp allemaal niet, het geheim bleef, zodat ze telkens weer van hem weg moest en telkens weer naar hem terug moest. De man met de borsalino. 'Is deze stoel vrij, juffrouw?' Nu was ze mevrouw, die meneer 's morgens uitwuifde als ze op tijd haar bed uit was. Mevrouw Vera Gerstal, nee, mevrouw Vera Windels, of mevrouw Stefaan Windels, nee, mevrouw Vera Windels-Gerstal. De heer en mevrouw Stefaan en Vera Windels-Gerstal. Soms was het huis te klein voor hun tweeën en moest ze weg, weg van het huis en weg van de man, kon ze al die kamers niet delen met hem. Dan maakte ze verre wandelingen om zich in het gras onder een boom te ontlasten. Met de hiel van haar schoen maakte ze een putje in de losse bosgrond, dekte het achteraf met bladeren toe. Maar ze keerde terug om te wiegen in de schommel, te luisteren naar de wind, te kijken naar de appels, te soezen, te dromen. Hij liep daar met zware stap doorheen, joeg haar de bossen en velden in, waar ze zou moeten leven als een Indiaanse, en dekens weven van boomschors, pluimen of haar eigen haar. Maar altijd sloop ze terug. Hij merkte nooit dat ze was weg geweest.

Een buurvrouw kwam koffiedrinken en zei: 'Wat ga je met die appels doen? Als jullie er niets mee doen, mag ik ze dan hebben? Ik maak er appelmoes van of jam.'

'Vind je ze dan niet mooi?' vroeg Vera.

De vrouw keek naar buiten.

'Je moet die appels plukken. Je mag niet wachten tot ze afvallen. Kom.'

Vera en de vrouw gingen met een grote rieten mand de tuin in, legden hun hand om een appel, en snok, de appel hing niet meer aan de boom.

'We hebben een ladder nodig.'

'En nog een mand.'

'En dan een pan en suiker en bokalen.'

Als je begon kwam er geen einde aan.

'We zouden een laken op zolder kunnen uitspreiden en de appels erop leggen.'

'We maken jam,' zei de buurvrouw.

'Elk de helft,' zei Vera koppig. 'Hoe heten deze appels?'

Dat wist ze niet.

'En de champignons?'

Ze haalde haar schouders op. Alles in het huis en de tuin moest een naam krijgen. Ze zou boeken kopen met afbeeldingen van planten en bomen, ze zou zelf namen geven. Ze legde haar oor tegen de stam van een boom, hoorde zacht gesis.

'Wat is dat?'

'Ssst,' zei de buurvrouw, en ze legde ook haar oor tegen de stam. 'De tuin gist. Niets is ooit stil.'

Stefaan Windels draaide de sleutel in het slot van het huis dat openlag, zag zijn vrouw en zei: 'Je wang is groen. Je hebt in de tuin gewerkt.'

Vera legde haar wang tegen die van haar man, herinnerde zich hoe ze ermee over schors had geschuurd.

'Ze geloven ons niet. Ze denken dat er boos opzet in het spel is. Dat wij wisten dat het huis in slechte staat was. Vera, kende jij de vorige eigenaar van het huis?'

'Nee,' zei Vera. 'Nee.' Maar een besef begon te groeien in haar als een boom die wortels had in haar maag en die in haar strottehoofd duwde en stuwde. Dit besef zei: Olivier heeft in dit huis gewoond. Hij heeft ervoor gezorgd dat het huis werd opengelegd om de spoken en geesten te laten ontsnappen. Het huis heeft geschiedenis maar het is mijn geschiedenis niet.

Midden in de nacht schrok ze wakker. Was bang. Stefaan.

Louise Gijbels hield haar hoofd onder de kraan, borstelde alle krullen uit haar haar, maakte haar lippen niet rood. Wel bracht ze een zwart lijntje aan rond haar ogen, en prikte lange oorbellen door haar oorlelletjes. Geen jurkje, maar een spijkerbroek en een wijd hemd, laarsjes met lage hakken en een schoudertas waarvan het slot met pareltjes en franjes was versierd. Louise Gijbels reed niet naar het hoge kantoorgebouw in de stad en ze reed ook niet naar het huis met de tuin en de appelbomen en de zwam. Ze reed naar een parkeerterrein tegenover een supermarkt en een benzinestation. Ga de tunnel door, was haar gezegd, en loop de straat helemaal uit. Het is het laatste huis aan de rechterkant. Wat voor huis was het? Een huis voor ex-drugverslaafden? Voor jeugdige delinquenten? Louise Gijbels wist het niet. Ze wist alleen dat Vera Gerstal er had gewoond. Het was het adres dat in het huwelijksregister stond genoteerd. En dus liep Louise Gijbels in een spijkerbroek en op lage laarsjes door de voetgangerstunnel onder de autoweg. Achter haar fladderde een gebloemde zijden sjaal die iemand ooit voor haar uit Indië had meegebracht. Ze dacht: het stinkt hier niet naar pis. Ze bleef staan, keek naar de tekeningen op de muur.

'Hallo,' riep ze luid.

'Hallo, hallo, hallo...' echode de tunnel.

'Is Vera thuis?'

'Vera?'

'Vera Gerstal.'

'Hier woont geen Vera.'

'Dit is het laatste adres dat ik van haar heb. We zaten samen op school.'

Louise stapte naar binnen. In de keuken zat een meisje op een krukje te breien. Ze had een rode handdoek om haar middel geslagen, meer droeg ze niet.

'Vera? Die woont hier niet meer. Olivier zou u misschien kunnen vertellen waar ze nu woont, maar Olivier is niet thuis.'

'Olivier wie?'

'Olivier Egdonck. Olivier van Vera.'

'Komt u van onder de douche?'

'Waarom?'

'De handdoek.'

'Het is te warm om kleren te dragen.'

'Als u last hebt van de warmte dan kunt u beter niet breien. En u zou de verwarming lager kunnen zetten. Bedankt voor de informatie. Misschien kom ik nog wel eens met Olivier praten. Vera en ik waren vroeger erg goede vriendinnen.'

Louise had zin om te hollen, te rennen, te springen. Ze zag een pleintje met een klimrek en ertegenover een café. Bellen. Ze moest de secretaresse bellen.

'Kan je opzoeken hoe de broer heet van de vroegere eigenaar van het Windels-Gerstalhuis?'

'Kan je luider spreken, ik versta je niet goed.'

'Wat zeg je?'

'Kan je luider spreken?'

'Nee, ik kan niet luider spreken. Ik kom meteen naar kantoor.'

'Is er hier altijd zoveel lawaai?' vroeg ze aan de cafébaas.

'Ja,' zei hij. 'Uw koffie.'

'Laat maar. Ik moet weg.'

'Wat zegt u?'

'Ik moet weg.'

Nu rende ze door de straat en de tunnel naar haar auto. Zou ze zich eerst omkleden? Nee, ze moest het weten, nu, meteen, ze wist het eigenlijk al. Heel binnenkort zou ze met Stefaan Windels gaan lunchen. Ze zou het hem poeslief vertellen.

Vera Gerstal liet haar voorhoofd rusten tegen het koele glas van het keukenraam en dacht aan Stefaans woorden: 'Liefje, waarom zoek je geen baan?' Hij vond dat ze te veel alleen zat in het huis, hij wilde dat ze iets ging doen. Zoals: rekken vullen in een supermarkt, brieven uittikken die iemand anders had geschreven. 'Wat kan je zoal?' Ze had gezegd: ik kan heel ingewikkelde dingen, ik weet hoe je met een computer moet werken en ik weet hoe je bijvoorbeeld een huis in het buitenland moet kopen, ik ken zelfs de mechanismen van de beurs. Ik heb op een erg goede school gezeten. Maar wat ik niet begrijp is dit. Ze had hem de appels op de keukentafel getoond, de rode, de gele, de gerimpelde, de glanzende. Hij had gezucht en was het huis uitgegaan. Hij had haar niet gezoend en zij had hem niet uitgewuifd.

Niets of niemand was ooit hetzelfde, alles vloeide en veranderde, ook Olivier die Olivier niet meer was, maar nog altijd Olivier heette, en dingen zei als: 'We kunnen niet meer terug.'

Hij ijsbeerde.

'Wanneer komt Stefaan?'

'Straks.'

'Over een uurtje?'

'Ja, nee, ik weet het niet, misschien.'

Hij had zich aan haar vaagheid geërgerd. 'Woorden betekenen, Vera. Verwijzen.' Hij had haar bij de hand genomen en door het huis geleid. Hij had dingen aangewezen, zij had hun naam moeten zeggen.

'Het maakt uit of je ja of nee zegt. Het maakt uit of je iets een tafel of een stoel noemt.' En toen opnieuw: 'We kunnen niet terug.'

Natuurlijk kunnen we niet terug, dacht Vera, alles verdwijnt en lost op. Het wordt steeds anders.

Stefaan wilde dat Vera een baantje zocht, en Olivier wilde dat ze de dingen benoemde, maar Vera wilde weten hoe het voelde om hout te zijn, om boom te zijn geweest, om voedsel voor zwam te worden. Ze dacht: als ik een deel werd van de boomgaard, dan zou ik voelen hoe het is om dauwdruppels te vergaren, vertrapt te worden, verschroeid in de zon.

Maar opnieuw werd alles verstoord, nu was het een man met grote handen die naar het huis kwam, handen die iets vastpakten op zo'n manier dat je wist: die handen houden iets vast. Hij was gestuurd door de verzekeringsmaatschappij, toonde een papier waar het op stond. Hij kwam de vochtigheidsgraad van het huis meten. Was dat dan al niet honderd keer gebeurd? De man wist het niet, hij wist alleen wat zijn opdracht was.

'Een luchtig huis hebt u hier,' zei hij, en hij haalde de apparatuur die hij had meegebracht uit het foedraal. Als een hondje volgde Vera de man van kamer naar kamer. Ze wilde alles weten over zijn beroep, wilde zelf de vochtigheidsgraad van een huis kunnen meten. Hoe kon Olivier zeggen dat ze geen interesse had voor echte dingen? Ze was de nieuwsgierigheid en interesse zelve.

Al het vocht was gemeten, maar ze wilde de man nog bij zich houden. Ze wilde naar hem kijken en aan hem ruiken om te weten wat voor man hij was. Ze was niet verliefd op hem en dacht ook niet dat ze dat zou worden. Toch bood ze hem koffie aan, niet in de keuken aan de tafel waarop de appels lagen, maar in de woonkamer, waar het raam uitzicht bood op de straat.

'Mooie kopjes,' zei hij en het werden mooie kopjes. Als hij een hand op haar schouder legde, zou ze een schouder krijgen. Als hij een hand op haar borst legde, gaf hij haar een borst. Even dacht ze dat ze het in haar buik zou gaan voelen, een diep primitief gevoel dat het moest gebeuren, dat hij haar moest nemen, zonder woorden, zwijgzaam en stuurs, en met enig bruut geweld. Ze kreeg haast medelijden met hem omdat hij dat zou moeten doen, omdat het zijn taak als man was die daad te stellen. Maar ze dronken gewoon koffie samen. Er werd niet veel gezegd. Mensen met grote handen verschillen van mensen met kleine handen. Mensen die hun koffie laten afkoelen verschillen van mensen die hem opslurpen als hij heet is.

'Ik stap maar eens op.'

Ze liet hem gaan. Ze had hem zelfs niet de keuken en de appels in de tuin laten zien. Hij was niet dat soort man.

Wachten. Wachten tot opnieuw emmers met appels konden worden gevuld. Doeken uitspreiden op zolder en in de stal. De vruchten erop leggen. 'Wat ga je met die appels doen?' vroegen de mensen. Maar wat viel er te doen? Voor dit huis zorgen was wachten. Wachten tot iets groeide, iets rijpte, iets gistte, iets droogde.

'Het spijt me,' zei Louise Gijbels tegen Stefaan Windels. 'De maatschappij heeft besloten u geen rechtsbijstand te bieden.'

'Het spijt u niet. U glimlacht.'

'Sorry. Het spijt me. Waarom vraagt u niet waarom?'

'Waarom u glimlacht?'

'Nee, waarom we geen rechtsbijstand verlenen.'

'Waarom?'

'Uw vrouw, Vera Gerstal, heeft samengewoond met Olivier Egdonck.'

'Egdonck?'

'Precies. De broer van de vroegere eigenaar. Olivier Egdonck werd onterfd ten voordele van zijn broer. Olivier wist dat het huis bouwvallig was en dat zijn broer het zou proberen te verkopen. Toen hij Vera ontmoette had hij een koper gevonden. Hij moest haar alleen nog zien te koppelen aan iemand met geld.'

'Wat wist Vera?'

'Dat weet ik niet. Ik vermoed dat zij ervoor moest zorgen dat het oplapwerk het begaf en de zwam werd ontdekt. U zou dan tegen zijn broer een proces aanspannen en een ontbinding van de verkoop eisen wegens een koopvernietigend gebrek. Zijn broer zou blijven zitten met een huis dat onverkoopbaar was geworden.'

'Wat is er fout gelopen?'

'Niets. U zult alleen zelf de gerechtskosten moeten dragen.'

'Maar als de tegenpartij dezelfde connectie ontdekt?'

'Veel hangt af van de handigheid van uw advocaat.'

'Maar u zult hem niet betalen?'

'Nee, maar we zullen onze informatie ook niet doorspelen. Zullen we nu bestellen? Ik heb trek in wild.'

'Maar hoe...?'

'Hoe wat?'

'Niets. Was uw baas tevreden?'

'Heel tevreden.'

Stefaan Windels keek naar de vrouw met de blonde krullen en het zorgvuldig opgemaakte gezicht. Ze zou het ver schoppen. Hij bestelde champagne. Glimlachte.

Later liep hij met haar mee naar haar auto. 'Ik heb nog tijd,' zei ze. 'Goed,' zei hij, 'jij mag kiezen wat we doen.'

Zou het niet mooi zijn geweest als hij in haar armen had gehuild? Als hij snikkend had uitgebracht: ik hield van haar, ik vertrouwde haar, zij was voor mij een kind, rein en onschuldig. Maar Stefaan Windels zei of deed niet veel. Hij voelde zich duizelig. Niets was zoals hij had gedacht dat het was. Niets was wat het leek. Of toch? Hij wist het niet. Durfde aan Louise niet te vragen of Vera Oliviers minnares was geweest. Of was. Durfde niet te denken aan het geld dat nog voor het huis zou moeten worden betaald. De jaren die hij zou moeten werken voor zwam. Hij wilde van Louise Gijbels horen dat het allemaal in orde zou komen. Dat de koopakte zou worden vernietigd. Dat alles zou zijn zoals vroeger. Maar hij veronderstelde dat zij iets anders wilde horen.

'Ik weet niet waarnaar toe,' zei hij.

'Er zijn erg goede hotels in deze stad,' zei ze. Ze glimlachte. Het was tien over drie.

Drie dagen zonder Stefaan, en Olivier kwam het huis binnen met een grote zwarte koffer. Vera zei niet: 'Zal ik koffie voor je zetten?' Vera zweeg, keek hoe hij de zwarte koffer op een plek zette waarvan ze wist dat aan de onderkant zwam zat, maar de vloer begaf het niet. Vera Gerstal dacht: nu zal hij zeggen dat er geen weg terug is, maar dat was precies wat hij wilde organiseren. Die middag liep Olivier als kind over de muren, alleen, samen met andere kinderen, aan de hand van zijn mama of aan de hand van zijn papa. Hij liep op zand, hij liep in een bos, maar ook in een tuin en in een huis – dit huis – en steeds liep hij op de muur. Plots was hij veel ouder. Een feestje met een vader, een moeder en een andere jongen. Iemand had een beker gewonnen. Niet Olivier, maar die andere jongen, van wie Vera nu begreep dat het zijn broer was. Een bekend gezicht, maar jonger. Ludo Egdonck. De vorige eigenaar van het huis. Ze had Olivier nooit naar zijn achternaam gevraagd.

'En je zusje? Jij had toch een overleden zusje op wie ik zo sterk leek. Daarom was het toch alsof je me je hele leven had gekend. Daarom wist je wat goed voor me was. Waarom staat zij niet op de film?'

Olivier haalde het zwarte papier weg waarmee hij de ramen

had verduisterd en knipte het projectietoestel uit.

'Het spijt me,' zei hij.

Hij had niet willen liegen, zei hij. Hij had altijd het gevoel gehad dat hij de broer was van een zusje dat jong was gestorven. En hij was zo vaak met zijn broer naar wedstrijden geweest dat hij wist hoe het voelde om als eerste door de finish te gaan. Het speet hem dat hij haar niet meer over het huis en zijn plan had verteld, maar zij had hem ook nooit vragen gesteld. Ze had gedaan wat hij had gezegd, alsof hij inderdaad haar oudere broer was. Hij had nooit een geheim gemaakt van de slechte staat van het huis, hij had voor zover mogelijk open kaart met haar gespeeld. Nee, hij had niet het gevoel haar misbruikt te hebben voor zijn persoonlijke wraak, zo mocht ze de dingen niet voorstellen. Vera vroeg hem niet hoe ze de dingen dan wel moest voorstellen. Ze vroeg of ze de film een tweede keer mocht zien.

Opnieuw verduisterde Olivier de ramen, knipte het projectietoestel aan, en liep over een muur van het huis dat openlag.

Waarom was Olivier onterfd? Vera vroeg het niet. Hij zou het zus vertellen of zo, het zou waar zijn en niet waar. Misschien was ook de film gearrangeerd. Maar zonder hem had ze het huis nooit leren kennen. Ze zou de tuin, de bomen, de appels nooit hebben gezien. Ze keek naar de man die opgegroeid was in dit huis, die in deze kamers had leren lopen, die op een dag uit het huis was verjaagd. Ze keek naar de beelden op de muur.

'Het spijt me,' zei hij. 'Ik hoop dat Stefaan terugkomt.'

Vera dacht: beelden rijmen op andere beelden. Als ze foto's had van vroeger, zelfs maar één foto, zou ze zich alles kunnen herinneren, een ketting van beelden zou groeien in haar kop. Het zou zijn zoals de mensen vaak zeggen: nu komt het allemaal terug.

'Ben je blij dat je die film hebt?'

Hij zei niets. Verwijderde opnieuw het zwarte papier.

'Met een beetje geluk komt het allemaal in orde, jij en Stefaan en het huis. Het koopcontract zou kunnen worden vernietigd.'

Hoe kon Olivier weten dat Stefaan weg was? En waarom was Stefaan weg? Ze zei: 'Woorden betekenen, Olivier. Woorden verwijzen. Jij zei dat je wist wat ik moest doen om gelukkig te worden. Jij zei dat je het huis kende waar ik gelukkig zou zijn. Dat het in slechte staat was, maar op kosten van de verzekeringsmaatschappij zou worden hersteld. Zeggen: het huis zal op kosten van de verzekeringsmaatschappij worden hersteld, is niet hetzelfde als: het koopcontract zal worden verbroken. Zeggen: het huis is in slechte staat, is niet: het huis heeft zwam. Doe wat ik zeg en je wordt gelukkig, is niet: met een beetje geluk overleef je het wel.' Waar moest ze wonen als de koopakte werd verbroken? En wie zou voor de tuin en het huis zorgen? Ze zei: 'Ga weg. Dit is jouw huis niet. Ga naar je broer, en je overleden zusje en de wedstrijdbekers die je nooit won.' Ze zou Stefaan precies vertellen wat er was gebeurd. Ze zou alles uitleggen en hij zou haar begrijpen. Maar wat was er gebeurd?

Met de hiel van haar schoen trapte ze een gat in de vloer van de kamer waar Olivier de film op de muur had geprojecteerd. Ze haastte zich de kamer uit, holde de trap af en duwde de deur van de keuken open. De appels lagen op de houten tafel. De rode, de gele, de gerimpelde, de glanzende.

Regen

‘Maar ik vond niet dat je stonk. Of toch maar af en toe. Als je te veel gedronken had. Of te lang hetzelfde hemd had gedragen.’

Ze strekte haar arm uit naar de fles melk, kreeg hem geen centimeter van de tafel, pakte hem met haar linkerhand.

‘En als je dacht dat ik dacht dat je stonk, waarom waste je je dan niet vaker? Of trok je niet iedere dag een schoon hemd aan?’

Ze roerde een scheut melk in de tomatensoep.

‘Denk je,’ zei ze, ‘dat het leuk is om iemand te zoenen die stinkt?’

Ze nam een zwachtel uit de verbandkist en de zalf die de dokter Ben had voorgeschreven toen hij zijn enkel had verzwikt. De tuindeur zwaaide open.

‘Pijn?’ vroeg Jan.

‘Mijn elleboog,’ zei ze.

Jan was jam komen brengen die hij zelf had gemaakt van aardbeien uit zijn tuin, maar toen hij zag dat ze een kuil aan het graven was om een berk te planten, had hij de spade van haar overgenomen. Het was een treurberkje. Nu nam hij de zwachtel van haar over en wikkelde hem om haar elleboog.

‘Als ik jou was,’ zei hij, ‘zou ik er een bamboestok tegen binden.’

Tegen haar elleboog? De telefoon rinkelde.

‘Met de moeder van Lotte Peereboom? Mevrouw, uw dochter heeft haar naam opgegeven om mee te doen aan een project over kinderen en hun dromen. Ik had graag een afspraakje gemaakt voor een eerste gesprekje. Is Lotte thuis? Nee? Dan bel ik terug.’

Jan had zijn lange benen onder de keukentafel geschoven en zat met het aardappelmesje waarmee zij de soepgroenten in stukjes had gesneden, de aarde van onder zijn nagels te halen. Zou hij verwachten dat ze hem uitnodigde om mee te eten?

'Thuis in mijn garage heb ik een bamboestok die ongeveer de juiste lengte heeft. Als je wil ga ik hem halen. Wat vind je van de boom?'

De bamboestok was voor het berkje!

'Prachtig,' zei ze. 'Eet je mee vanavond? Vraag Mathilde of ze ook komt. Tot straks.'

De telefoon rinkelde.

'Nee, Lotte, het eten is klaar. Je komt nu meteen naar huis. Nu, Lotte.'

Welke dromen zou Lotte aan de analiste vertellen? Dromen die ze had verzonnen of dromen die ze echt had gehad? Lotte loog dat ze het zelf geloofde. Daarom was het ook geen liegen, zei haar vader, ze wilde gewoon ontzettend graag haar fantasieën geloven. Stella goot een glas witte wijn bij het konijn en draaide het vuur onder de soep uit. Als Mathilde meekwam met Jan zou ze de tafel in de woonkamer dekken, anders konden ze in de keuken eten.

De telefoon rinkelde.

'Stella, Jan was vergeten dat mijn ouders komen eten. Is het goed als hij morgen die bamboestok brengt? Heb je al nieuws van Ben?'

Nee, ze had nog geen nieuws van Ben.

Waarom kwam ze dan niet morgenavond eten? Ze kon Lotte meebrengen. Die was morgen bij haar vader? Zonder Lotte dan.

'Je hoefde toch niet zo ver weg te gaan,' zei ze, en ze zette twee borden tegenover elkaar op de keukentafel. 'Je had bijvoorbeeld een tijdje bij je broer kunnen intrekken. Of een kamer huren in de stad. Dan hadden we af en toe een afspraak kunnen maken om elkaar even te zien. Of om te proberen het uit te praten.'

En dan had ze tenminste een telefoonnummer gehad. Ze had hem kunnen bellen, al was het maar om meteen de hoorn neer te leggen als ze zijn stem hoorde. Maar hij zat op een boot en de boot voer op de wijde oceaan, eindeloos veel blauwe vakjes in haar atlas, waar ze naar tuurde en tuurde, te beginnen bij vakje A12 op kaart 79, een vakje dat half groen en half blauw was, met wel vijf vuurtorens erin en de havenstad vanwaar hij haar had gebeld vlak voor hij aan boord zou gaan. Links van A12 lagen alleen maar blauwe vakjes, en op een van die blauwe vakjes voer zijn boot. Maar misschien was hij alweer aan land. Of was hij helemaal niet aan boord gegaan. Verspeelde hij zijn laatste cent in een havencafé. Of misschien had hij haar helemaal niet uit Lissabon gebeld, maar zat hij inderdaad bij zijn broer of ergens in de stad, terwijl zij tuurde en tuurde naar die blauwe vakjes, zodat ze ook 's nachts droomde van blauw, blauw, blauw, de hele wereld werd een blauw rollend tapijt waarop ze plaats nam samen met een man die ze nooit eerder had gezien. Er dobberden madeliefjes op het blauwe, rollende kleed, en de man had een baard.

De telefoon rinkelde.

'Lotte, ben je nu nog niet vertrokken?'

'Mama, ik kon niet eerder weg.'

'Lotte, jij gaat zonder eten naar bed.'

'Dan blijf ik hier eten.'

'Lotte, kom meteen naar huis. Nu.'

Het woord NU, Lotte. N.U. Ze had grote n's en grote u's uit karton gesneden, en ze met rood crêpepapier bekleed. Ze had ze in Lottes kamer gehangen, in de badkamer, in de keuken. NU, Lotte, NU. Ze schepte een bord soep voor zichzelf op. 'Sorry, Lotte, ik kan niet eeuwig op je wachten.'

Hadden ze ruzie gemaakt over het kind? Ze hadden ruzie gemaakt over het kind. Dat zij te veel verwende. Dat hij totaal anders zou opvoeden. Door wie zij was verblind. Voor wie zij of te toegeeflijk was, of te veeleisend. Met wie hij zich vooral niet te veel moest bemoeien. Een vader volstaat, Ben. En wat ben ik dan, Stella? De huisnar, de dorpsidioot?

Hij had een kind gewild. Een kind van hem en haar. Misschien had ze hem zijn zin moeten geven, maar dan zou Lotte jaloers zijn geweest. Trouwens, kinderen nam je niet om iemand zijn zin te geven. Kinderen waren geen honden.

De telefoon rinkelde.

'Nee, mevrouw, Lotte is nog niet thuis. Ik verwacht haar elk ogenblik.'

Had hij allerlei mensen opgedragen haar te bellen, zodat de telefoon niet zou ophouden met rinkelen en het nooit hij zou zijn, maar het altijd hij kon zijn, zoals die ene keer toen hij belde uit Lissabon? Vakje A12. Vijf vuurtorens. Voor de helft blauw, voor de andere helft groen. Allemaal om haar te straffen. Omdat ze hem niet genoeg aandacht had gegeven. Niet genoeg van hem had gehouden. (Oh, als hij alles wist. Als hij wist wat ze soms dacht. Veel ergere dingen dan dat hij stonk. Soms dacht ze: als ik jou niet had ontmoet, dan was ik nooit van Lottes vader weggegaan. Dan was Lotte een veel rustiger kind geweest. Soms dacht ze: ik haat je. Maar misschien wist hij wat ze dacht. Zat hij daarom op een boot op de oceaan.)

Klik. De voordeur. Open en dicht. En nog een klik. De woonkamerdeur. Lotte! Stella stormde de keuken uit.

'Je bent al te laat en dan kom je nog niet eten!'

Tergend langzaam keek haar dochter van het televisiescherm weg.

'Je had toch gezegd dat ik geen eten kreeg.'

'Lotte, doe die televisie uit en kom eten. NU.'

Het was het eerste dat ze had gekund, nog voor ze kon lopen. Een televisie aanzetten.

'Er heeft twee keer een droomanaliste voor je gebeld.'

'Dat kutmens.'

'Lotte!'

'Het is een kutmens, mama. Daar kan ik niets aan doen.'

'Waarom heb je dan je naam opgegeven?'

'Omdat we dan vroeger weg mochten uit de les van die van Nederlands. Heeft Ben gebeld?'

'Nee. Ben heeft niet gebeld.'

De telefoon rinkelde.

'Als het de droomanaliste is, zeg dan dat ik niet thuis ben.'

Het was haar zus.

'Hoe maak je het?'

'Goed. En jij?'
'Ook goed.'
'Wat ben je aan het doen?'
'Ik ben aan het eten. En jij?'
'Ik heb daarnet gegeten.'
'Was het lekker?'
'Ja. Wat heb je vandaag gedaan?'
'Gewerkt. En daarna heb ik een berkje geplant in de tuin. En jij?'
'Ik heb de was gedaan.'
'Doe jij tegenwoordig de was?'
'Natuurlijk doe ik de was.'
'In een wasserij?'
'Nee, hier thuis.'
'Wat goed dat je dat kan.'
'Dat kan toch iedereen. Gewoon alles in de machine stoppen.'
'Je moet het wasgoed eerst sorteren.'
'Dat doet Jenny.'
'Wie is Jenny?'
'Een verpleegster.'
'Ga je nu slapen?'
'Ja. Ik heb daarnet mijn pillen genomen. Wat ga jij nog doen?'
'Niet veel. Een beetje lezen. Of t.v. kijken. Welterusten.'
'Welterusten.'
'Tante Vonne?'
'Ja. Tante Vonne.'

Soms dacht ze dat hij verlangde naar vroeger, toen ze elkaar pas kenden en alles vluchtig en onzeker was. Hun zoete, geheime zonde, zij zijn meisje voor de regen, hij haar regenman, met wie ze ooit samen had moeten schuilen onder een afdakje, een plastic afdakje waarop de regen ratelde alsof een machinegeweer boven hun hoofd werd leeggeschoten. De wereld spoelde weg in een zondvloed, alleen hun vierkante meter onder het afdakje werd gespaard. In alle mogelijke hotelkamers hadden ze in de maanden daarop voor de regen geschuild. In hotelkamers met televisie, in hotelkamers zonder televisie; in hotels waar je je identiteitskaart moest tonen, in hotels waar ze je zelfs dat niet vroegen; in hotels in gore buurten, in hotels in het zakencentrum van de stad. Tot de dag kwam dat Lottes vader het raadde, en ze bijna verheugd was dat ze het eindelijk kon opbiechten. Ja, ik hou van hem. Ja, we hebben elkaar keer op keer ontmoet. Bijna verwachtte ze dat hij zou delen in haar vreugde, want wat was mooier dan liefde? Natuurlijk hield ze van hem, hij was de vader van haar kind en ze hadden zoveel met elkaar gedeeld, maar dit was anders, dit was extase, passie, hartstocht. Nee, hij deelde haar vreugde niet. Hij hield de deur voor haar open. Dus had ze Ben gebeld.

Altijd water met Ben. Regen, oceaan, tranen. Haar hart leek wel een regenton.

Hun laatste ruzie hadden ze gekregen naar aanleiding van een foto die zijn broer van hem had gemaakt. Ben lag met zijn kleren aan te slapen in een hotelbed, maar omdat alle kleur uit zijn gezicht was weggetrokken en de hotelkamer absoluut onpersoonlijk was, leek het of hij dood was. Zijn hand lag slap op het witte laken, je kon de kraag zien van zijn lichtblauwe hemd – dat was ook zo bevreemdend, dat hij met zijn kleren aan in bed lag – en op het nachtkastje stond alleen maar een reiswekkertje, alsof de fotograaf het uur van zijn dood had willen vastleggen. Klokslag halfelf was het gebeurd.

Al te gretig had ze de foto uit zijn handen genomen. Zo zou hij eruitzien als hij opgebaard lag, als zij van hem afscheid zou komen nemen, wriemelend met een zakdoek, snikkend, geschokt.

Ja, soms had ze gewild dat hij dood was. Dat hij niet bestond. Omdat het zo'n last was, zo'n opdracht om van iemand te houden, dag na dag, nacht na nacht. Als hij laat wegbleef met de auto had ze soms gedacht: nu komt hij niet terug. Ze had haar ogen gesloten, haar adem ingehouden, tot twintig geteld. Geen Ben. En opnieuw. Een, twee... Soms bleef ze beneden op hem wachten, soms ging ze naar bed, dacht: nu word ik gewekt door de politie. Mevrouw, we hebben slecht nieuws voor u. Misschien had ze hem moeten zeggen: ja, soms wilde ik dat je dood was, zoals ik soms zelf dood zou willen zijn.

De telefoon rinkelde. Jan. Of ze al een bamboestok had gevonden? Nou, dan zou hij even binnenwippen. Maar ze had toch afgesproken met Mathilde dat ze bij hen zou komen eten. Dat ging niet door. Mathilde en hij hadden onverwachts kaartjes gekregen voor het theater die avond, maar hij kon wel eventjes die bamboestok tegen het berkje komen binden. Wat jammer, zei Stella, ik ben vanavond uitgenodigd bij de koning van Spanje, maar weet je wat, zet die bamboestok bij de voordeur, dan vind ik hem wel en bind ik hem zelf vast.

En omdat Lotte bij haar vader was, en Jan en Mathilde kaartjes hadden voor het theater, en Ben op de oceaan voer, reed ze naar haar zus, die sinds kort semi-zelfstandig woonde, wat wilde zeggen dat ze in een flatgebouw woonde met een conciërge die door het ziekenhuis was aangesteld, en met dagelijkse bezoekjes van een verpleegster of therapeut. Iedereen zei dat het zoveel beter met haar ging, dat ze helemaal opbloeide in haar semi-zelfstandige flat, maar toen Stella haar straat inreed, stond ze al geagiteerd te wachten op de stoep. Ze liep heen en weer, en rende de straat op toen ze Stella zag. 'Pas op, Vonne, straks loop je onder een auto.' Ze keek naar haar zus, zag hoe getekend ze was door haar ziekte, drukte haar tegen zich aan opdat ze haar tranen niet zou zien. Voelde Vonne zich altijd zo droef als zij nu? Ze moest iets zeggen, ze was op bezoek .

'Laat me je wasmachine zien.'

Nee, dat wou ze niet. Ze wou praten. Waarover wilde ze praten?

'Gewoon.'

'Doe je echt de was zelf?'

'Jenny helpt.'

'Woon je hier graag?'

'Ja, maar je mag niet zo hard praten. De muren hebben oren.'

'We zeggen toch niets.'

'Ssst. Over de wasmachine en zo. Het is beter als ze dat niet horen.'

'Waarover kunnen we dan wel praten?'

'Ssst. Het ligt moeilijk. Je kan dat niet begrijpen.'

Maar toen ze afscheid namen had Vonne plotseling oog voor haar.

'Wat is er met je elleboog?'

'Pijn. Van het spitten, denk ik.'

'Is het erg?'

'Ik denk het niet.'

Het was tenminste iets concreets. Pijn aan haar elleboog. Die ze kon inwrijven met zalf. Waar ze een zwachtel om kon wikkelen. Niet zijn zoals haar zus. Haar hele leven lang niet willen zijn zoals haar zus. Haar grote zus. Die een gat had tussen haar benen. Waar bloed uit kwam. Waarom hebben oude vrouwen een hondje en kopen ze zoveel potten chocopasta? Het duurde jaren voor ze die grap begreep. Het gat tussen hun benen. Dat moest gelikt worden. Waar haar op groeide.

Thuis en opnieuw telefoon. Geruis. Gekraak. En heel ver weg een stem die hallo riep. Hallo, zei ze. Hallo? Hallo? Hallo? Ben, ben jij het, Ben? Hallo?

Nee, ze bleef niet thuis nu. Ze ging een ritje maken met de auto. Ramen open, cassette met bluesmuziek, warme wind op haar armen, in haar haar. Maar ze was niet de enige die dit idee had gehad. Kwart voor elf 's avonds en de wegen zaten vol. Misschien had Ben verlangd naar stilte, ruimte, eeuwigheid, was hij daarom weggegaan. Ze maakte een bocht van honderdtachtig graden en reed naar huis terug.

In de hal hoorde ze de telefoon, was zeker dat hij het was, maar het was Vonne die wou weten of ze dacht dat de buren hun gesprek hadden kunnen afluisteren.

'Nee, Vonne, en zelfs als ze het hadden afgeluisterd, wat dan nog? We hebben toch niets gezegd. Ga nu slapen, toe, neem een slaappil.'

Een kwartier later belde ze opnieuw. Met dezelfde vraag. Vonne, nee, ze hebben het niet gehoord. Ze kunnen het niet hebben gehoord. Ga nu slapen. Toe.

'Waarom ben jij altijd zo kregelig als ik bel?'

'Ik ben niet kregelig,' zei ze kregelig en gooide de hoorn neer.

Maar misschien had hij gelijk. Misschien had ze nooit van hem gehouden. En ook van Lottes vader niet. En van haar ouders niet. En van Vonne niet, en van Lotte niet. Misschien was ze een monster dat van niemand kon houden, en was Vonne haar *picture of Dorian Gray*, dat haar eraan herinnerde wat voor een monster ze wel was. Vonnes uiterlijk was haar innerlijk, en hoe slechter zij was, hoe zieker Vonne werd. (Nonsens, zou Ben hebben gezegd. Maar hij was toch ook van haar weggevlucht.) Niet zijn als Vonne. Nooit worden als haar grote zus. De oceaan, zei Lottes droomanaliste, is een symbool voor vrouwelijkheid. Wie droomt over de oceaan, droomt over vrouwelijkheid. Omdat ze met die vrouwelijkheid niet in het reine is. Vonne was haar straf. Ze moest Vonne zien om niet te vergeten hoe haar ziel eruitzag. Vonne was haar straf en haar geheugen.

Maar niets zo leuk als zondigen. Je zorgvuldig opmaken. Parfum. Lingerie. Kleren uitkiezen om ze straks uit te trekken. Sluiting vooraan of achteraan? Knoopjes of rits? Afspreken in een café. Of een station. Of een museum. Tijd was belangrijk. Er moest erg veel tijd zijn. Om eerst te praten. Te glimlachen. Af te wachten wat er zou gebeuren, en hoe. Wie wat zou doen. Hoe vaak had ze met Ben gezondigd? In hoeveel cafés hadden ze afgesproken? En hoe vaak had ze haar been onder de tafel tussen zijn benen geschoven, geglimlacht om wat ze allebei wisten maar niemand zag, behalve een hond misschien die op de grond naast de stoel van zijn baas lag? Nog een kop koffie? Onder de tafel nam hij haar been vast, streelde het. Nee, ik heb geen zin meer in koffie. En ogen en lippen die vroegen, waarin heb je dan wel zin, en ogen en lippen die antwoordden, ja, in jou, gaan we? Jas aanreiken, deur openhouden, een arm over een schouder, in deze stad kent geen mens ons, ja, maar wees toch voorzichtig, je weet nooit, angstig over je schouder kijken terwijl je het hotel binnengaat, nee, niemand heeft ons gezien.

Soms had hij haar pijn gedaan. Haar tepels niet gestreeld maar erin geknepen. Haar lippen niet gezoend maar erin gebeten. Haar benen te ver opengespreid, haar in ongemakkelijke houdingen gedwongen. Een klein beetje pijn, zodat het nog net prettig was of net niet meer, ze hem niet vroeg ermee op te houden en het ook niet uitschreeuwde, wat ze trouwens niet durfde in een hotelkamer, wat als de andere gasten hen hoorden? En ze verdiende ook een beetje straf want ze was bij hem en niet bij haar man. 'Sletje. Je vindt dit lekker, sletje, beken het maar, je wil meer. En meer.'

'Wel,' gilde ze tegen het stomme telefoontoestel, 'als je wil kunnen we elkaar weer net als vroeger in het geheim ontmoeten. Ik vind wel iemand om mee te trouwen en dan kunnen we weer naar hartelust zondigen, en kan jij mij straffen voor die zonden.'

Als hij zou bellen en zeggen: het regent, zou ze zeggen: hier ook, en lachen diep in haar keel, en afspreken waar ze het best konden schuilen. Maar eerst zou ze een bad nemen, haar haar wassen, haar zwarte b.h. aantrekken, en haar zijden blouse, en misschien dat slipje dat nauwelijks een slipje was, alleen maar wat kant, nee, dat zou ze in haar tas stoppen en aantrekken in de w.c. van het café waar ze elkaar zouden ontmoeten, en parfum natuurlijk, op het kuiltje onder aan haar hals, tussen haar borsten, op haar schaamhaar. Ze zou een taxi bellen, en de chauffeur zou in één oogopslag zien wie en wat ze was, een vrouw die naar haar minnaar gaat, droeg ze wel iets onder die wijde jas van haar? En wat een walm van parfum, zijn taxi zou de hele dag ruiken als een bordeel. Het gat tussen de benen van vrouwen. Als ze oud zijn smeren ze er chocopasta aan. Laten zich door een hond likken. Of door de taxichauffeur, omdat er toch nergens meer een café is waar iemand op hen wacht. In Vonnes ziekenhuis mocht er niet worden gevrijd, maar het gebeurde toch, zei Vonne. Natuurlijk gebeurde het toch.

Woensdag en haar beurt om Lotte van school af te halen. Ze stapte in haar auto, kwam bijna meteen in een file terecht, vloekte omdat ze te laat zou komen. De auto voor haar reed drie meter vooruit, ze volgde niet meteen, en de auto rechts van haar schoot in het gat. Ze toeterde woest, stak haar hoofd uit het raam, gilde luid: klootzak!

Goed, ze had dus niet van hem gehouden, wat maakte het uit als ze toch van niemand hield. Was dat een reden om weg te gaan?

Eigenlijk moest hij blij zijn. Hij hoefde niet bang te zijn dat ze van iemand anders zou gaan houden want ze hield van niemand. Ze sloeg met haar vlakke hand op de claxon. Schiet een beetje op, slakken! Waarom werden er geen auto's gemaakt waarmee je tegen iemand op kon rijden zonder dat jouw auto werd beschadigd? Ze had al tien minuten bij Lotte moeten zijn. Als ze telefoon had in de wagen dan kon ze Lottes school bellen dat ze wat later kwam. En zou ze telefoontjes krijgen van iedereen, behalve van Ben. Hallo, ik zit in de file. Oh hallo, ik zit ook in de file. Hoe lang zit jij al in de file? En Jan moest niet denken dat ze met hem zou vrijen. Geen haar op haar hoofd dat eraan dacht. Dat hij met Mathilde vrijde, daarvoor waren ze met elkaar getrouwd. Ze zou nooit meer met iemand vrijen. Ze zou potten chocopasta kopen. En Lotte had bij haar vader een hond. Die moest ze dan maar gaan lenen, het was een reu, dat kwam goed uit. Lotte zou het haar vader wel hebben verteld. Dat het uit was met de regenman. Dat ze daar nu stond in de regen. De kou.

In dromen is niets wat het lijkt. Als je van de oceaan droomt, droom je niet van de oceaan maar van vrouwelijkheid. Zit dat zo, Lotte? Ja, mama, zo zit dat. Toch geloofde ze dat haar dromen haar vertelden dat hij inderdaad op zee zat. Alleen in een kajuit. Met veel boeken. En misschien een blocnote. Om te noteren wat hij over haar dacht. Wat hem stoorde. Waarom hun hele verhouding in één klap het tegenovergestelde werd van wat ze was geweest. Waarom ze niet meer lachten en vrijden, maar het grimmig en bitsig moest. Al zijn verwijten. Zijn achterdocht. Blijf maar op je boot, Ben. Wees een minnaar van de diepe, onpeilbare oceaan! Van het eeuwig vrouwelijke! Ik hou toch niet van jou!

Telefoon. Jan. Hoe de treurberk het maakte. En of ze stekjes van zijn rododendron kon gebruiken. Nee? Wilde ze dan misschien eenden hebben? Hij had ze gered toen ze een kruispunt wilden oversteken. De moeder op kop, de jongen achter haar aan, alle vijf klaar om zich onder een auto te storten. Waarom hij ze niet hield? Ze hadden al twee honden en een kat, en het zou toch enig zijn voor Lotte. Eenden hebben geen puber nodig, zei Stella, eenden hebben een vijver nodig. Waarom bracht hij ze niet naar het park? Wat een schitterend idee! Hij zou haar komen ophalen en dan konden ze samen de eendenfamilie in veiligheid brengen. Wat jammer nou, ze kon niet weg, ze verwachtte een belangrijk telefoontje. Van Ben? Nee, niet van Ben.

De telefoon rinkelde. Vonne. Hoe Stella het maakte. Wat ze gegeten had die dag. En wat ze gedaan had. Ik heb een eendenfamilie gered, zei Stella, en zo meteen komt Jan en dan brengen we ze samen naar het park. Maar Vonne begreep er niets van. Hoe kwamen die eenden op het kruispunt? En mocht ze die wel meenemen? En wie was Jan? En kon je eenden zo maar naar een park brengen? Had je daar geen vergunning voor nodig? En waar was Ben? Nee. Nee. Ja. Nee. Ik ga neerleggen nu. Ja. Nee. Dag. Tot een volgende keer.

Nog geen vijf minuten later opnieuw telefoon. Waarom ze zo kregelig was.

'Ik ben niet kregelig!'

Ik deed alleen maar een poging om je iets te vertellen. Om over iets anders met je te praten dan over wasmachines.

Telefoon. Lottes vader. De hond was zoek. Vanmorgen toen hij naar zijn werk vertrok, was hij er nog en nu was hij weg. Nee, het poortje was dicht en er waren geen sporen van een uitbraak. Diefstal? Daar dacht hij liever niet aan. Nee, ze mocht vooral niets tegen Lotte zeggen. Hij moest Bas absoluut terugvinden voor Lotte naar hem kwam. Nee, nee, ze kon hem beter niet komen helpen zoeken, Lotte zou alleen maar argwaan krijgen. Hij had het haar alleen even willen vertellen, opdat ze voorbereid zou zijn om Lotte eventueel op te vangen. Het was lief dat ze wou komen, maar hij had hulp, de hele buurt was gealarmeerd. Hij zou haar bellen zodra hij nieuws had. Waarom bel je me dan? zei ze tegen het toestel nadat hij had neergelegd. Ik mag niets aan Lotte zeggen en ik mag je niet helpen. Ik moet bij de telefoon wachten en me zorgen maken. Over eenden, honden, mijn zus, Lotte, Ben. Dit is voortaan mijn leven. Ongerust zijn. Grijze haren krijgen.

'Sinds je weg bent,' gilde ze, 'heeft die telefoon minstens honderd keer gerinkeld en geen enkele keer was jij het!'

Op een dag zou ze beslissen dat hij toch niet belde. Of dat als hij belde, het niet meer zoveel uitmaakte. Oh, ben jij het? Wat leuk! Nee, ze zou met geen woord reppen over haar verdriet. Of ze zou het hem wel vertellen en erom lachen. Of even huilen en daarna weer lachen. Er was eens een vrouw en die had zoveel verdriet dat ze dacht dat haar hart een regenton was. Ze zou zeggen: als ik woorden zou vinden om te zeggen hoe droef ik ben geweest zou je zeggen: nee, zo droef kan een mens niet zijn. En ze zou zeggen: toch is het waar, daarom ben ik nu zo blij want het is voorbij. Maar echt voorbij zou het nooit zijn. Of misschien wel. Lottes droomanaliste zei dat alle mensen een jager hadden. Een meisje van Lottes klas had verteld dat ze vaak droomde dat er achter in haar tuin een wolf zat en toen zei de droomanaliste dat we allemaal een wolf hadden, maar ook een jager, en dat we dus nooit bang hoefden te zijn, want zelfs als we opgegeten werden door de wolf, dan kwam de jager met zijn grote mes. Hij sneed de buik van de wolf open en we stapten eruit, zo goed als nieuw, zo gaaf als in een sprookje. Ongedeerd. Gelukkig. Iedereen had een jager, zelfs Vonne die zo ziek was, en Lottes hond die zoek was, en de eenden die naar het park zouden worden gebracht, en Lotte die tussen haar ouders zwierf, en Ben die op de oceaan zwalpte. Zelfs zij.

De telefoon rinkelde.

Vogels

De vrouwen waren aan het praten in een taal die hij niet begreep. Gisteravond waren ze de openingsreceptie van het congres binnengewandeld in zijden sari's, maar nu droegen ze goedkope, westerse kleren die vloekten met de helrode cirkel tussen hun wenkbrauwen. Als hij ooit bij een van hen zou liggen, zou hij zich over haar buigen en zijn lippen schroomvol en zonder te zoenen op haar rode plekje leggen. Hij had nog nooit een Indische vrouw gehad.

Hij liet zijn elleboog op de brugleuning rusten, wendde zijn goede oor naar hen en keek geamuseerd. 'De Indische delegatie?' zou hij zeggen als ze hem eindelijk opmerkten. Hij verlangde naar iemand die hij plaatsen zou kunnen aanwijzen, iemand die hij bij de arm zou nemen en zou dwingen te kijken. Zie je die boom, dat restaurant, die pub. Daar heb ik vijftien jaar geleden, en ginder heb ik, en toen was ik met. Een Française met wie hij na het ontbijt een paar woorden had gewisseld, glimlachte naar hem. Hij aarzelde. Bedacht toen dat hij geen zin had om Frans te spreken, en nog minder om Engels met een Frans accent te horen. Vlak bij hem streek een vogel neer op de balustrade. Zijn borstveren waren rossig gekleurd maar hij was te groot voor een roodborstje. Zouden de Indische vrouwen iedere dag hun rode plekje moeten bijkleuren?

Hij stak een sigaret op en wandelde weg van de groep congressisten op de brug. Enkele straten verder lag de pub waar Marianne was opgetreden, maar omdat er niemand was om het aan te vertellen leek het of het niet was gebeurd. Hij zag zichzelf weerspiegeld in de etalage van een groot warenhuis, vond dat hij liep als een houten, oude man, vroeg zich af of het het begin van Parkinson was. Hij gluurde naar de silhouet in het winkelraam en nam zich voor om iedere ochtend van zijn verblijf hier te gaan lopen. Hij zou erg vroeg opstaan om als een van de eersten die dag het hek van een van de vele tuinen open te duwen en het malse, bedauwde gras te betreden. Het was pas Pasen geweest en overal in Oxford stonden hyacinten en narcissen in bloei.

Met Marianne had hij meteen de eerste dag gepraat. Ze was te laat, het openingscollege was achter de rug, de eerstejaars zaten samen in de cafetaria, een witgekalkt souterrain dat met witte tafels en zwarte plastic stoelen was volgezet. De asbakken waren oranje, het licht neon. Hij zat bij jongens die hij kende van school. 'Witte, wat doe jij hier?' had een van hen gebruld, en hij had beseft dat zijn bijnaam hem zou blijven achtervolgen. Daarnet had hij door het raam van de collegezaal jongens zien voetballen op het pleintje achter het universiteitsgebouw en nu stelde iemand voor om te kaarten. Het schoolleven greep onverstoord om zich heen. Toen zag hij haar. Ze duwde de glazen deur van de cafetaria open en overzag de ruimte aan de voet van de zwarte marmeren trap. Ze knipperde met haar ogen alsof ze verblind was door licht dat er niet was. De kaarten werden gecoupeerd en verdeeld, hij kreeg plotseling zin in het spel. 'Acht klaveren,' riep hij. Ze had lang, rosbruin, heftig krullend haar, droeg een groene, losse jurk, een kort jasje zonder mouwen, en sandalen zonder hakken. Om haar hals zat een zwart fluwelen bandje, haar benen waren akelig wit. Ze maakte de gele sjaal los die om de riem van haar tas was geknoopt, schudde haar prachtige haar naar achter en bond het samen met de sjaal. 'Kom op,' zei hij, en hij sloeg met zijn vrije hand op tafel. Hij wilde dat het spel begon, was zeker dat hij zou winnen. 'Het is helemaal jouw beurt niet om troef te maken!' 'Toch wel!' Ze nam haar tas op, hield hem voor zich als een schild en kwam de trap af. Hij gooide de eerste kaart neer, en zag vanuit zijn ooghoek hoe ze met haar heupen zwaaiend om de hoeken van de tafels te vermijden op hem afkwam. Ze liep alle vrije plaatsen voorbij, koos de stoel naast de zijne. Een diepe zucht. En nog een. Ze dwong hem te zien waar hij was. Het kale souterrain. Het kille neonlicht. De uniforme studenten. Hun pukkels en gekwebbel. Hij zuchtte, legde zijn kaarten open op tafel. 'Wil je koffie?' vroeg hij. 'Hé Witte, wat doe je?' Ze bracht haar hand voor haar mond. 'Melk en suiker,' zei ze. 'Witte, waarom speel je niet meer?' Hij keerde zijn goeie oor naar haar en vroeg wat ze gezegd had. Ze lachte breed, sloot toen bruusk haar mond. Ze had onregelmatige, gele tanden, maar dat maakte niets meer uit.

Het volgende college zat hij naast haar. En het daaropvolgende. En tijdens de pauze tussen alle colleges in. Niemand vroeg hem nog om te kaarten. Hij was niet meer Witte, maar Witte van Marianne. Aanvankelijk verliepen hun gesprekken moeizaam. Zij hield haar hand voor haar mond als ze praatte en hij hoorde niet goed. Ze moest alles eindeloos herhalen, maar haar hand weglaten wilde ze niet. Ze gruwde van haar tanden en was ervan overtuigd dat hij van haar zou gruwen als hij ze zag. Hij verzweeg dat hij ze de eerste dag al had gezien. Maar zo wist hij dat ze hem vertrouwde toen hij eindelijk op een dag haar hand van voor haar mond nam, met zijn vingertoppen langs haar lippen streek, ze van elkaar duwde. Hij voelde de gekartelde rand van haar tanden, ontblootte ze, keek. Ze beet, zoog gulzig op zijn vingers, duwde de hare in zijn mond.

Hoe het bij haar thuis was had hij kunnen weten door die tanden. Of door haar kleren, die ze eigenlijk niet genoeg verschoonde. Haar ondergoed dat soms groezelig was. 'Mijn ouders zijn anders dan jouw ouders,' zei ze. Telkens als zijn moeder in Brussel kwam pleiten, nam ze hen mee uit eten. Marianne zei noch at dan veel. Meestal hield ze haar hoofd schuin om haar mond achter de sluier van haar haar te verbergen. Zijn moeder behandelde Marianne op de voor haar enig mogelijke manier. Hoffelijk maar afstandelijk. Het meisje moest weten dat ze geen partij voor haar zoon kon zijn. 'Ze kijkt op me neer,' zei Marianne woedend. 'Waar haal je dat vandaan?' zei hij zonder veel overtuiging.

Ze waren de enigen van hun jaar die samen sliepen, tenminste daar waren ze bijna zeker van. Anticonceptie lag moeilijk in die tijd, de meesten van hen waren nog maagd, en geloofden ook wat hun al die jaren was voorgehouden. Dat de persoon met wie je tot het einde gaat, de persoon is met wie je de rest van je leven slijt. Met wie je trouwt. Midden in die lelijke cafetaria aan een volle tafel vroeg ze het hem. 'Blijf je bij me vannacht?' De zin spatte met een knal boven het geroezemoes uiteen. 'Ik moest het zo hard vragen,' zei ze achteraf. 'Jij hoort niet goed.' Maar die eerste nachten wilde ze alleen maar geknuffeld worden. Als hij ging plassen, moest hij haar drie keer beloven dat hij terugkwam. En dan nog kermde ze dat ze bang was dat hij haar zou verlaten. Ik verlaat je nooit, fluisterde hij, nooit, nooit, nooit. Zijn armen om haar heen geslagen, haar wiegend. Ze had altijd ostentatief de pil geslikt, zodat hij verondersteld had dat ze in haar dorp voor het weekend een minnaar had, maar nu begon hij te vermoeden dat ze een maagd was. Ze wilde dat hij zijn onderbroek aanhield in bed, verstijfde zodra hij haar benaderde. De pil, bekende ze, nam ze omdat haar cyclus erg onregelmatig was. 'Als je wil ga ik in mijn eigen bed slapen,' zei hij. Maar nee, hij mocht haar niet alleen laten. Weken van slapeloze nachten in het te smalle bed gingen voorbij eer het lukte, en dan nog had hij het gevoel dat hij haar verkrachtte. Hij vertelde haar niet dat het niet zijn eerste keer was.

Ze wilde dat hij zijn haar liet groeien. En hij moest zich anders gaan kleden. De hemden, truien en broeken die zijn moeder voor hem kocht werden afgekeurd, en ze nam hem mee naar de voddenmarkt, waar hemden met lange slippen en zonder kraag werden verkocht. Verder koos ze een vest voor hem uit waarvan de voorpanden flesgroen waren. Op de rug, die van glimmende groene stof was gemaakt, zat een ceintuurtje dat hij van haar moest laten loshangen. Voor zichzelf kocht Marianne een zwarte vilten hoed, waar ze een sjaal omheen bond, die achter haar aan wapperde als ze gehaast de marmeren trap van de cafetaria afkwam, of naar de collegezaal holde. Toen hij jarig was, kreeg hij van haar een halsketting van kralen en een gebloemd vest. Soms schilderde Marianne bloemen en vogels op haar wangen, maar omdat hij op haar aandringen zijn baard had laten staan, ontsnapte hij daaraan.

Nu kon ze hem ook tijdens het weekend niet meer missen en moest hij mee naar het huis van haar ouders. Meestal zat ze in de keuken bij haar moeder te kletsen en keek hij met de oude televisie. Eerst sliep hij beneden op de canapé, maar omdat haar ouders vroeg opstonden, verhuisde hij naar de zolder waar hij op een dun matrasje tussen oude meubelen en kartonnen dozen lag. Hij was opgelucht toen het lente werd en hij de oude kon helpen in de tuin. Mariannes ouders kweekten al hun groenten zelf, want van wat je in de winkel kocht kreeg je kanker, zeiden ze. Fons werkte in de tuin en Irene stopte de groenten in de diepvriezer. Op maandagochtend kregen Witte en Marianne in tupperware dozen eten mee voor de hele week. Maar Fons gebruikte insekticiden. Achter Irenes rug om. De keuken keek uit op de tuin, dus moest hij de groenten besproeien als Irene boodschappen ging doen. Veel hoefde Irene niet te kopen want ze hadden alles zelf. In de diepvriezer zat niet alleen groente, maar ook, netjes in plastic zakken verpakt, de koe. Iedere lente kochten Fons en Irene samen met de broer van Fons en diens vrouw een koe, die ze lieten grazen op de wei van een bevriende boer. Bij het begin van de winter werd de koe geslacht en het vlees verdeeld tussen de twee gezinnen. Zo hadden ze vlees zonder hormonen. Verder zaten in de diepvriezer ijs en frites. Witte vertelde Marianne niet dat haar vader haar moeder bedroog met de insekticiden, en Fons vertelde de vrouwen niet dat Witte zijn ouders belde als ze het huis uit waren. Ieder weekend beloofde Witte zijn moeder dat hij het daaropvolgende weekend naar huis zou komen, maar omdat hij eraan twijfelde of Marianne bij hem thuis zou aarden, stelde hij het nakomen van zijn belofte telkens uit.

Uiteraard zakten ze dat eerste jaar. Witte had zich bij voorbaat gewonnen gegeven en had de meeste examenpapieren blanco afgegeven, maar Marianne had zich geweerd als een kat. Ze had bladen en bladen vol geschreven, en voor de mondelinge toetsen had ze een keurig mantelpakje aangetrokken. Een aantal keren had ze andere vragen geëist en ook gekregen. Niets kon haar nog redden, maar haar besluit voor het volgende jaar stond vast. Ze zouden studeren. En slagen.

Maar na jaren nog altijd haar smaak in zijn mond, op zijn tong, in zijn speeksel. Op sommige dagen hield hij niet op met drinken, koffie, thee, wijn, bier, melk, limonade, alles na elkaar en door elkaar. Hij probeerde een pijp te roken, stak kuchend zware sigaren op, niets hielp. Als hij iemand zoende, voelde hij zich betrapt, vroeg zich geschrokken af of de vrouw Marianne kon proeven.

Toch waren er dagen waarop hij dacht dat hij haar vergeten was. Maar dan dacht hij voortdurend, ik ben haar vergeten, en dacht dus aan haar. Hij kon maar niet beslissen wie van hun beiden de verliezer was, hij die alleen was achtergebleven, of zij die in een ver, vreemd land met een ander was getrouwd. Hij wou dat hij wist met wie hij medelijden moest hebben, met zichzelf of met haar, en dat er dan een rouwproces op gang zou komen, voor hem, voor haar, voor hen beiden.

En natuurlijk had hij kunnen weten hoe ze hem op een dag zou behandelen. Had hij niet weekend na weekend geschokt gehoord hoe ze Irene afsnauwde? Ze had het koud, ze had pijn hier en pijn daar, ze had honger, en Irene moest maar lopen en draven om het haar naar haar zin te maken, en dan nog was het nooit goed. Ach, ze had hem precies behandeld zoals ze haar moeder behandelde. Na afloop van het eerste jaar kende hij één op de tien studenten bij naam en nog niet met de helft daarvan had hij meer dan een paar woorden gewisseld. Ze was bang om alleen te zijn. Of om als andere mensen te zijn. In beide gevallen zou het zijn alsof ze niets was. Niet bestond. En het was prettig geweest om haar te troosten. Er voor haar te zijn. Lieve woordjes in haar oor fluisteren. Met zijn hand door haar krullen gaan. Zachtjes in haar nek bijten. Lager en lager. Het duurde erg lang voor hij besefte dat ze hem bij zich liet slapen om niet alleen te zijn. Haar geilheid, wulpsheid, verleidelijkheid, allemaal gefaked. Of toch grotendeels gefaked.

Marianne was diep geschokt door haar examenresultaten. Wel, zei hij, we hebben ook niet veel gestudeerd. Voor de meeste vakken hadden ze geen collegeaantekeningen, ze wisten nauwelijks welke boeken ze moesten lezen. Een week of wat later ontvingen ze een gedetailleerd overzicht van hun resultaten. Dat was het toppunt. Marianne zat voor alle vakken onder de helft, Witte had een paar goede cijfers, terwijl zij notabene harder had gewerkt dan hij. 'We hebben toch elkaar,' probeerde hij, maar ze stampvoette, verscheurde de papieren met hun resultaten, verdween. Hij vertelde aan niemand de waarheid. Dat ze boos was omdat hij betere cijfers had behaald dan zij. Hij legde zichzelf op om het zo gauw mogelijk te vergeten. Vergat het. Geen van beiden nam deel aan de herkansingen, Marianne niet omdat niemand haar enige kans op slagen gaf, en Witte niet omdat Marianne niet meedeed. Hij had gehoopt dat ze naar een zuidelijk strand zouden liften, maar Marianne gebruikte de zomermaanden om eindelijk iets aan haar tanden te doen. Ze kreeg vier stifttanden bovenaan en vier onderaan. Daarna was het of ze voor het eerst in een spiegel had gekeken. Of ze voor het eerst haar haar omhoog had gehouden, zich had gedraaid en gekeerd, haar mimiek had bestudeerd, had geprobeerd zich op te maken. En niet alleen haar gezicht, maar haar hele lichaam bewoog anders. Opeens wiegde ze met haar heupen, zette haar voeten zorgvuldig naar buiten, hield haar rug kaarsrecht. Plotseling leek ze te beseffen dat ze borsten had, en dat die in een bepaald soort bloesjes uitdagend tot hun recht kwamen. Ze leerde op hoge hakken lopen, liet haar haar bijknippen, kleurde haar lippen donkerrood. Zo kwam ze begin oktober 1973 voor de tweede eerste keer de zwarte, marmeren trap van de cafetaria af. Witte zag haar dit keer in vogelperspectief. Hij liep achter haar, bleef op de hoogste trede kijken hoe de nieuwe eerstejaars reageerden. De tweedejaars – hun vroegere studiegenoten – hadden les, maar een van de andere zittenblijvers floot bewonderend. Het offensief was begonnen. Telkens als zij of hij een slechte toets, tentamen of scriptie had gemaakt, klopte ze aan bij de docent in kwestie en vroeg hem om een verklaring. Als ze niet capituleerden, legde ze hun andere tentamens voor die volgens haar niet beter of slechter waren. Met geen enkele verklaring nam ze genoegen. Ze eiste een beter cijfer. Voor hem en voor haar. In de collegezaal zat ze op de eerste rij en maakte ijverig notities. Toen ze een slecht cijfer had gekregen van de enige vrouwelijke docente, stuurde ze er na lang aarzelen Witte opaf.

Hij bekende meteen dat het Marianne was die hem had gestuurd. 'Ze wil een beter cijfer? Dan zal ze harder moeten werken.' Marianne was razend, noemde haar een feeks en hem een zwakkeling. 'Moet ik dan alles zelf doen?' Ze stormde de kamer van de docente binnen, schold haar uit, huilde, verscheurde het tentamen voor haar ogen. De volgende keer hadden ze allebei een goed cijfer.

Witte haalde de examens de eerste keer, Marianne moest terugkomen in september. Eerst wilde ze hem niet zien, gooide de telefoon neer als hij belde, verbood haar moeder hem binnen te laten. Toen ze was uitgeraasd, mocht hij niet meer van haar zijde wijken. Hij was ontsteld van haar chaotische werkwijze, probeerde haar hoofdzaken van bijzaken te leren onderscheiden, bezorgde haar zijn samenvattingen. 'Ik zal het nooit kunnen! Ik ben dom!' 'Je bent niet dom, ik zeg dat je niet dom bent, je moet alleen leren de stof rationeel aan te pakken.' Marianne slaagde met onderscheiding, maar ze was de vernedering van juni niet vergeten. 'Wij gaan naar Leuven,' zei ze, en dat was dat.

Bij Marianne was het of ze iemand nodig had die haar zei dat ze iets kon en dan kon ze het ook. Een man. Het moest een man zijn die het zei. Zoals die keer op vakantie in Oxford. De pub waar ze al om elf uur 's morgens port wou drinken. Zo'n pub met houten banken, lambrizering en wapenschilden aan de muur. Jachttafereelen ook, zodat je zeker wist dat je in Engeland was. Ze waren achterin gaan zitten bij het enige raampje waardoor de zon naar binnen viel. Op een podium stond een geluidsinstallatie, twee elektrische gitaren, een synthesizer en een drumstel. Witte bedacht dat er met een beetje geluk die avond een optreden zou zijn dat Marianne zou afleiden. Ze zat in een van haar huilperiodes, maar kon niet duidelijk maken wat eraan schortte. Het zou wel met zijn ouders te maken hebben en met het geld dat ze van hen hadden aangenomen om hun vakantie te betalen, maar hij sneed het onderwerp liever niet aan.

De deur met het bordje 'private' ging open en vier jongens met lange haren stapten de rustieke gelagzaal binnen. Ze droegen nauwsluitende spijkerbroeken, gebloemde vesten, en cowboylaarzen met sporen en verzwaarde hakken. Ze gaan oefenen, zei Witte. Marianne bleef naar de tafel staren. Met haar wijsvinger probeerde ze de druppels port die op het tafelblad waren gemorst tot een M te verbinden. Wat leuk, probeerde hij opnieuw, ik dacht dat we ze pas vanavond zouden kunnen horen, maar Marianne was verzonken in gedachten aan het onrecht dat haar was aangedaan. Twee grote stappen en de jongen met de langste haren stond bij hun tafel. *Do you think your chick could dance for us?* Machotaal waarvoor hij zich nu geërgerd doof zou houden, maar toen besefte hij dat niet, en zij ook niet. *Just for tonight, there might be somebody from a record company.* Witte vroeg zich af of hij een bedrag zou moeten noemen, maar de jongen kwam zelf met een voorstel. Ze zouden bij hen kunnen logeren en als ze wilden, konden ze mee op tournee, het was festivaltijd in Engeland. Witte onderhandelde met de jongen van het bandje, Marianne zat naast hem, draaide langzaam haar hoofd, schudde met haar prachtige haar. Dit was echt. Dit was iets om over te vertellen als ze weer thuis waren. Marianne moest alleen maar een beetje staan mooi te wezen op het podium. Wat heen en weer wiegen, wat schudden met een tamboerijn. Het bandje had een oude Rover die een caravan meetrok. Op tournee sliep Ian, de drummer, in de caravan om de instrumenten en de installatie te bewaken. De anderen sliepen bij mensen die ze kenden, of die ze voor of na hun optreden hadden ontmoet. Het was de mooie zomer van zesenzeventig, veel was mogelijk. Ergens onderweg kocht Witte een paar cowboylaarzen om meer bij de band te behoren. Hij begon Marianne ook 'the chick' te noemen.

Ian vond dat Marianne moest zingen. Ze oefenden uren en uren in de caravan, maar haar stem had niet genoeg volume, beefde alsof ze huilde. Misschien had ze gewoon last van zenuwen. Op een middag gingen de gebloemde gordijntjes van de caravan dicht. En de daaropvolgende middagen ook. Ze kwam altijd direct naar hem toe als ze geoefend had in de caravan, een beetje schuldig, een beetje ongerust, een beetje verloren. Weten dat er zaad van een andere man in haar zat, wond hem verschrikkelijk op. Hij wilde haar meteen, voelde zich broederlijk verbonden met haar minnaar. Pas nu, zoveel jaren later, besefte hij wat een vreselijke macho hij was geweest.

Maar of het dan zo anders was geweest met die man uit Singapore. Wat hij haar had gezegd, welke namen hij haar had gegeven. En waarom ze per se met hem moest trouwen. Mee moest gaan met een man die als het ware uit de lucht was komen vallen en op het terrasje in Leuven was beland waar zij zich toevallig die middag zat te vervelen omdat hij zijn moeder in het ziekenhuis was gaan bezoeken. Geen seconde kwam de gedachte in hem op dat ze van die man zou houden. Dat ze hem daarom naar het andere eind van de wereld was gevolgd. Nee, ze hield van hem zoals hij hield van haar, en dat was voor eeuwig en altijd.

De leegte na haar vertrek. Alsof het niet Fons, Irene en Witte waren die haar leven hadden proberen te vullen, maar Marianne die aan het hunne betekenis had gegeven. Maar de waarheid was dat de zin van hun leven erin had bestaan Mariannes leven zin te geven. Fons liet de tuin verwilderen, Irene vulde de voorraad in de diepvriezer niet meer aan. Al hun zuinigheid was voor Marianne geweest. Om geld op de bank te hebben voor haar uitzet. Het mooiste porselein, het duurste kristal zou ze gekregen hebben. Nu trouwde ze met een rijke man ergens ver weg, waarvoor hadden ze gespaard? Ze had niets nodig, helemaal niets. Haar man had alles, meer dan alles. Witte liet zich niet gaan, vond de apathie van Mariannes ouders te voorspelbaar. Maar van wat Irene hem op een middag bij de koffie vertelde, schrok hij. Dat Fons zijn dagen sleet op Mariannes kamer. Dat hij haar kleerkast wagenwijd openzette en op een krukje zat te turen naar de lege schappen en rekken. Dat hij huilde. Er zelfs niet mee ophield als Irene de kamer binnenkwam. Een man te zien huilen, zei ze, dat brak haar hart. Later die middag stond hij opeens in de keuken. Hij had in een van de lades van haar bureau de vulpen gevonden die hij haar voor haar veertiende verjaardag cadeau had gedaan.

'We moeten hem opsturen,' zei hij opgewonden. 'Ze heeft haar vulpen nodig.' 'Ze heeft ginds vast wel andere vulpennen,' zei Irene, maar hij hoorde haar niet. 'Kijk! Ze is haar pen vergeten.' Het was erger dan huilen. Het was of hij voor hun ogen zijn verstand stond te verliezen. Witte stak zijn hand uit. 'Ik zal hem haar opsturen,' zei hij, maar Fons vertrouwde hem niet. Hij sloot de pen in de palm van zijn hand en trok naar boven. Ondraaglijk nu, de benepenheid van de keuken, van de tafel met het formicablad, van Irenes gebloemde schort. 'Eens kijken of er iets aan dat onkruid valt te doen,' fluisterde hij, en duwde zijn kop weg. Als de oude hem bezig zag, zou hij misschien naar beneden komen en een schoffel uit het schuurtje nemen, en alles zou zijn als vroeger, toen Marianne bij Irene in de keuken zat en Fons hem nors instructies gaf en ze ook niet gelukkig waren, maar ze waren tenminste samen. Hij had zich altijd voorgesteld hoe hij en Marianne hier later met kinderen op bezoek zouden komen. Hoe het huis veel te klein zou zijn. Hoe er taart zou worden gegeten. Hoe Marianne ruzie zou maken met haar moeder over de opvoeding van de kinderen. Hoe hij en Fons hun toevlucht zouden nemen tot de tuin. Hij gooide zijn schoffel neer, liep met drie treden tegelijk de trap op. 'Ze is niet dood,' gilde hij. De oude keek maar heel even op van de lege schappen.

Irene belde hem met het nieuws. Marianne was zwanger. Drie maanden was ze. Irene kon haar vreugde niet verbergen, maar voor Witte was het of iemand was gestorven. Soms vergat hij het even, en praatte of lachte zoals voordien. Dan herinnerde hij het zich. Ze droeg het kind van die man uit Singapore. Ik wil tot het uiterste gaan. Dat was een van de eerste dingen die ze hem had gezegd. Toen had hij dat opgevat als: ik wil met je naar bed. Maar in bed wilde ze liever geknuffeld worden. Wilde ze hem tot het uiterste dwingen? Had ze verwacht dat hij haar tijdens de huwelijksplechtigheid zou komen schaken? Was ze daarom met die man getrouwd? Hij had haar huwelijk niet bijgewoond. Hij was samen met Irene naar Singapore gevlogen omdat Fons niet mee wilde. Die houdt vooral van drama, zei Irene. Van voor een open, lege kast te zitten. Alles om maar niet voor haar te staan. Om haar ogen niet te zien. Haar heftigheid. Witte had gehoopt Marianne even te ontmoeten, maar het feest duurde drie dagen, en vooraf kon ze blijkbaar het huis van haar schoonouders niet uit en achteraf vertrok ze meteen op huwelijksreis met die man van haar, met wie ze dus blijkbaar echt was getrouwd. Irene was erbij geweest, had het met haar eigen ogen gezien, het was een prachtig feest, Marianne zag er prachtig uit, en de bruidegom ook, en hun kleren waren prachtig en het eten ook, kortom alles en iedereen was prachtig. En al die tijd had hij op zijn hotelkamer gewacht op een telefoontje, een briefje, een berichtje, maar Irene had Marianne niet durven zeggen dat hij in Singapore was omdat ze bang was voor haar reactie, en dus had hij voor niets drie dagen en drie nachten op zijn hotelkamer gewacht, gehoopt, gewanhoopt.

Het was een nachtvlucht. Hij had zichzelf heel edelmoedig gevonden. Compagnon van Irene. De jongeman die met zijn schoonmoeder gaat winkelen. Alle geduld opbrengt omdat het toch maar voor die ene keer is. Maar achteraf zou hij het zijn die treurde toen het vliegtuig eindelijk landde. Die wilde dat ze eeuwig boven Singapore bleven cirkelen. Dat hadden ze een uur lang gedaan. Onweer. Geen toestemming om te landen. Maar toen was ze al uitverteld. Was ze begonnen haar spullen bij elkaar te zoeken en in haar tas te duwen. Haar onmogelijk lelijke tas. Namaakleer. Het oranje opblaasbare kussentje dat ze op aanraden van iemand als extra hoofdsteun had meegenomen, liet ze leeglopen. Het kon geen cent meer kosten om het ding in het wit te maken. Of roze. Een draaglijke kleur. Maar hij zou later vaak pijn hebben als hij ergens op een strand zo'n lelijk oranje kussentje zag, of op een markt een vrouw prei en selderij in een namaakleren tas zag stoppen.

Als mensen beginnen te praten, vertellen ze vaak hetzelfde verhaal, of juister, variaties op hetzelfde verdriet, dezelfde pijn. Hij liet niet merken dat haar verhaal hem grotendeels bekend was. Dat Marianne haar kind niet was, maar dat van haar zus. Dat de zus verongelukt was terwijl zij, Irene, achter het stuur zat. Ja, ja, ze had een rijbewijs, maar na die dag had ze nooit, nee nooit meer met een auto gereden. Fons was met haar hertrouwd. Dat was haast gebruikelijk in hun streek, dat een weduwnaar met een kind dat deed. Irene was de moeder geworden van Marianne. Had nooit een eigen kind mogen hebben omdat ze dat dan boven Marianne zou voortrekken.

Het was nooit genoeg geweest.

Hij pakte haar hand vast onder de deken van de luchtvaartmaatschappij. Streelde haar gerimpelde hand.

Iedereen had het normaal gevonden dat zij haar leven opofferde. Marianne was het kind van haar zus. En zij had achter het stuur gezeten.

Ze stelde geen enkele vraag over zijn ervaringen. Over hoe hij dacht over Marianne. Ze had het over zichzelf. Over haar vernielde leven. Tenslotte waren er voor hem maar twee mogelijkheden. Of hij was door liefde verblind en dan zouden hem op een dag de schellen van de ogen vallen, of hij wist precies wie ze was en hield niet van haar.

Maar er was natuurlijk nog een derde mogelijkheid. Dat hij precies wist wie ze was, en toch van haar hield. Over Mariannes hardheid, ongedurigheid, buitenissigheid hoefde Irene hem niets te vertellen. Alle verhalen klonken hem vertrouwd in de oren. Ja, zo was ze. Onmogelijk. Niet tevreden te stellen. Veeleisend. De trui die Irene met grote zorg had gebreid en Marianne dan had stuk geknipt. Het nieuwe behangpapier waarover ze inkt had uitgegoten. Hij kende de echo van haar verhalen. Het gezellige avondje uit dat hij georganiseerd had om haar te verrassen en dat zij had verknald met een hysterische scheldpartij. Haar niet aflatende campagne om hem van zijn ouders te vervreemden. Haar totale gebrek aan aandacht voor zijn wensen. Wanneer was hij begonnen die dingen over Marianne op te merken? Die keer in Parijs, toen ze met hun laatste geld een stokbrood hadden gekocht en Marianne het helemaal alleen had opgegeten terwijl hij probeerde een lift naar huis te versieren? Of was het op de nachttrein naar Madrid, toen er maar één vrije zitplaats was en Marianne die zonder iets te zeggen in beslag nam, hem zelfs niet vroeg of hij misschien een paar uur wilde zitten in plaats van in de gang te staan? Maar hij had ook andere herinneringen. Zoals die nacht in een veld in Griekenland toen ze 's morgens gewekt werden door een jong meisje dat rakelings langs hen liep met een lammetje over haar schouders. Hun verrukking om zoveel zuiverheid. En haar lippen. Haar armen. Haar borsten. Haar stem.

Ik denk, zei Irene, dat Fons haar haat.

Dat hij doet alsof hij een bezoek niet aan zou kunnen. Het is zijn alibi. Zijn excuus.

Ze kwam niet op het gesprek terug, gedroeg zich de verdere reis als de voorbeeldige, toegewijde moeder, die zich verheugde in het huwelijk van haar dochter.

Drankjes werden rondgedeeld, de dekens opgehaald. Wat later moesten de leuningen recht en de veiligheidsgordels om.

Toen haar zoontje zeven maanden oud was, kwam ze naar België met het kind. Witte had Irenes uitnodiging aanvaard om koffie te komen drinken. Hij had de baby bewonderd, had zich gelukkig gevoeld voor haar, had even geloofd dat ze haar plaats had gevonden. Ze zag er goed uit, was met smaak gekleed, in de puntjes verzorgd. Maar in de hal had ze hem gevraagd of ze bij hem mocht slapen. Ik stik in dit huis, zei ze. Ik kan hier niet ademen. 'Wat zullen je ouders zeggen?' 'Mijn ouders hebben niets te zeggen.' Ze trok een trui aan, nam vluchtig afscheid van het kind, haastte zich het huis uit. Even had hij gedacht dat ze in het logeerbed zou slapen, maar ze viel hem om de hals, zoende hem heftig. Het bevestigde wat hij altijd had geloofd, maar waaraan hij even was begonnen te twijfelen toen hij haar zag met het kind. Dat zij van elkaar hielden, wat er ook gebeurde, met wie ze ook waren. Dat het tussen hen voor altijd was. Ze was veranderd. Ze was vrouwelijker, bewuster, sexier, dat zou wel door het kind komen. Hij streelde behoedzaam haar buik, fluisterde, daar is dus een kind in gegroeid, en het maakte op dat ogenblik geen moer uit dat het zijn kind niet was, alleen deed hij alles behoedzamer nu, alsof hij bang was haar te kwetsen. Hij deed het zoals die eerste keren in het smalle bed op haar studentenkamer, toen ze zo bang en gespannen was, maar zij was ruwer, hardhandiger, ongeduriger, zodat hij zijn ogen opende, zag hoe ze lachte, hoe vol en breed haar lippen waren geworden – had ze die laten opereren of waren die altijd zo geweest? – en hij zag hoe ontzettend sexy ze was en hoe aantrekkelijk en hoe wreed en hoe ze lachte omdat hij nu elke seconde kon klaarkomen, omdat zij hem nog altijd moeiteloos zover kon krijgen. En toen zei ze het. Ja, zei ze, terwijl hij in haar schokte, en er groeit al een nieuw kind.

Ze had hem in haar doen klaarkomen terwijl ze zwanger was van een andere man.

Hij stond op, sloeg het laken over haar naakte lichaam, keerde zich van haar af. In zijn neus tintelden de adertjes, alsof er te veel bloed in zat, en wat later begon het eruit te druppelen. Hij liet het haar zien, zag dat ze bang was, zeker nu dat het bloed langs zijn lippen stroomde over zijn kin in zijn hals, en zo voelde hij zich ook, hij voelde zich alsof alle bloed en alle leven uit hem stroomde, of hij voor haar ogen leegliep, stierf. Maar ze stond op, nam een washandje, dwong hem te gaan liggen met zijn hoofd zo ver mogelijk naar achter, bette zijn gezicht. Ze trok haar kleren aan, torende boven hem uit op haar laarzen met hakken, zodat ze de rollen omdraaide en het niet hij was die haar aan de deur zette, maar zij die wegging van hem. Hij lag met zijn hoofd naar achter, hoorde de deur opengaan, hoorde de deur in het slot vallen.

De dagen die volgden nam hij de telefoon niet op en ging het huis niet uit. Zijn mond zat dicht, alsof iemand er een pot lijm in had uitgegoten. Onmogelijk om die lippen van elkaar te krijgen, om geluiden te produceren. Hij opende een blik soep, staarde naar de inhoud, rook eraan, zette het neer. Zijn keel was dichtgeslibd. In zijn speeksel proefde hij haar. Hoe kon hij die mond die naar haar smaakte ooit nog gebruiken om voedsel in te proppen, te kauwen? Hij viel voortdurend voor korte periodes in slaap, vijf, tien minuten, soms een halfuur, en hij begreep dat zijn lichaam hem beschermde tegen hemzelf en hem dwong het bewustzijn te verliezen. Hij voelde zich ontzettend dankbaar, sloeg zijn armen om zijn eigen lijf. Jij zorgt voor me, jij laat me niet in de steek. Omdat hij niet at, had hij het gevoel in een droom te leven. Hij wist dat hij zou gaan hallucineren. Zijn zintuigen en spieren raakten ontregeld. Hij kon niet meer spreken, horen, kijken. Hij zou doof worden, blind, verlamd. Ademen ging moeizaam, de krop in zijn keel woekerde als een kankergezwel, hij was bang te zullen stikken. Het was Irene die hem eruit haalde. Ze is dit niet waard, zei ze. Je hebt gedaan wat je moest doen. Het had veel eerder moeten gebeuren. Hij was net een kleuter die alles opnieuw moest leren. Ze nam hem mee naar de bakker en liet hem een brood bestellen. Hij voelde zich zo opgesloten in zijn eigen kop dat hij zich niet kon voorstellen dat er iets naar buiten kon. Irene gaf hem een duwtje en hij sprak. 'Een groot bruin brood gesneden, alsjeblieft.' Daarna moest hij onder haar ogen koffie zetten, de tafel dekken, boterhammen smeren, een omelet bakken. Hij had razende honger. At gulzig. Lachte omdat hij dus toch niet potdicht zat.

Maar ze stuurde hem geen geboortekaartje, en belde ook nooit meer. Irene belde hem, het was een meisje, nee, ze zou niet naar België komen deze keer, maar misschien ging zij erheen, ze verlangde naar haar kleinkinderen. Nee, Fons zou niet meegaan, maar ze zag er niet tegenop om alleen te vliegen, ze kende het nu. Marianne had de logeerkamer in orde laten brengen, ze kon zo lang blijven als ze wilde. Irene bleef nog geen tien dagen in Singapore. Het boterde niet tussen haar en Mariannes schoonmoeder. Die zit daar iedere dag, zei Irene. Van Fons mocht ze maar één keer per maand bellen, dus schreef ze moeizame brieven met nieuws over de tuin, de straat, het dorp. Marianne belde altijd onverwachts. Soms drie keer in een week, soms een maand niet. Schrijven deed ze nooit. Ze hield geen rekening met het tijdsverschil, belde op alle mogelijke uren van de dag en de nacht. Ze zei altijd dat het goed met haar ging, maar haar stem verraadde haar. Soms is het, zei Irene, of ze pas gehuild heeft of op het punt staat te gaan huilen. Op een nacht belde ze. Mama, zei ze, en nu hoorde Irene duidelijk dat ze huilde, is oma dood? Nee, zei Irene, oma is niet dood, oma is verzwakt na die longontsteking van vorige winter, maar ze gaat nog lang niet dood. Was je zo bang dat ze dood was? Maar het was niet uit angst dat haar oma dood was dat ze had liggen rillen ginder ver weg in Singapore, nee, ze was zo angstig geweest omdat ze zich niet meer kon herinneren of haar oma dood was of niet. Als ze zoiets kon vergeten, dan kon ze alles vergeten. Alles en iedereen.

Hij ging ten onder aan de stilte. Die morgen in de lelijke cafetaria van de universiteit was tussen hen een gesprek begonnen dat jaren had geduurd. Als ze niet bij elkaar waren, hadden ze geschreven of gebeld. Daarom was het ook nooit zo belangrijk geweest als zij met een andere man ging of hij met een andere vrouw, want wat zij met elkaar hadden was erotischer. Als hun woorden een stroom waren geweest, doolde hij nu rond in een dorre woestijn. Soms kwam er een woord. Of een zin. Zoals: misschien moeten we praten. Of: waarom haat je me? En: heb je dan nooit van me gehouden? Maar hij was niet zeker van die zinnen. Het waren misschien zinnen die hij andere mensen had horen zeggen, acteurs in een film of op het toneel. Hij belde Irene. Vroeg haar of Marianne zijn brieven had meegenomen naar Singapore. Er stonden op zolder twee schoendozen vol, zei ze. Ze wist niet of het zijn brieven waren, maar natuurlijk, hij mocht komen kijken. Toen hij bij Irene kwam, was ze in de tuin een vuurtje aan het stoken. Je moet ermee ophouden, zei ze. Je moet een ander leven beginnen, een eigen leven. Hij zag Irene niet, en hij zag de tuin niet, hij zag alleen de brieven met zijn schrift, zijn woorden en zinnen, zag hoe ze opkrulden in het vuur. Hij bukte zich, griste ze weg, klopte de vlammen uit. Irene rukte de brieven uit zijn handen, gooide ze in het vuur. Hij duwde haar opzij, probeerde de brieven te redden, maar het vuur vlamde hoog op. Irene lag op de grond, haar schouders schokten, ze had haar handen voor haar gezicht geslagen. Hij voelde zich een luis, ongedierte. 'Ik wou je geen pijn doen. Toe.' Ze nam haar handen van voor haar gezicht weg. Ze is het niet waard, zei ze. Ze wreef over haar wang, die rood zag. 'Heb ik dat gedaan?' Hij legde zijn arm over haar schouder, streelde haar wang, zei sorry, sorry. Dat dochtertje van haar, zei Irene, weet je dat dat net als jij een beetje doof is? Aan de linkerkant, net als jij.

Nu nog overkwam het hem. Dat hij met iemand afsprak om een wandeling te maken, of naar een film te gaan, of uit eten te gaan, en dat hij naarmate het moment naderde uitzinniger werd van opwinding, tot hij de vrouw op de afgesproken plaats zag staan en het opnieuw niet zij was en alles weer grijs was en vlak. En zo ontdekte hij wat het was geweest met Marianne. Hij had zich bij haar nooit verveeld. Het leven met haar was nooit saai geweest. Verwarrend, ja, tegenstrijdig, moeilijk. Maar niet saai.

Ja, in deze pub was het gebeurd. De jongens van het bandje waren uit die deur te voorschijn gekomen en hadden met hem afgesproken dat Marianne voor hen zou dansen. En daar had het podium gestaan waar ze drie avonden had opgetreden. Hij rekende af, liep door smalle steegjes naar de rivier terug. Er stond een andere groep op de brug nu, zakenlui dacht hij. Bij het draaihek naar de botanische tuin deed hij zijn kousen en schoenen uit. Voorzichtig betrad hij het malse, vochtige gras. Er waren mensen in de tuin die zo oud waren als zij die zomer, en ze liepen ook in precies dezelfde kleren als zij destijds. Hij wilde hun zeggen: denk niet dat jullie ook maar iets zelf hebben bedacht, jullie kleden je zoals wij, jullie luisteren naar onze muziek, jullie lopen waar wij jaren geleden al liepen. Jullie zijn niet uniek of origineel. Maar in feite zeiden zij precies dat tegen hem. Jullie waren helemaal niet bijzonder, jullie waren alleen maar jong. Nee, zei Witte tegen de bomen, de hyacinten en narcissen, wij waren wel uniek. Tot wij geboren werden was de wereld grijs en de geschiedenis een vlakke, monotone lijn. En toen kwamen wij met bloemen en kralen en muziek. Wij hebben jullie alles geleerd.

Hier hadden ze gepicknickt, Marianne, hij en de jongens van de band. Onder deze boom had Marianne op haar rug gelegen. Ze had haar hemd losgemaakt en de panden onder haar borsten geknoopt. Allemaal hadden ze rotzooi op haar naakte buik gelegd, madeliefjes, grassprietjes, kiezeltjes. Ze had het erg lang uitgehouden voor ze geërgerd de rommel van haar buik had geveegd en was weggerend. Wat hadden ze daarna gedaan?

Hij strekte zich uit op de plek waar zij toen had gelegen, draaide zich op zijn buik, drukte zijn gezicht in het gras. Maar het was natuurlijk niet hetzelfde gras. Hij ging zitten. Vreemd. Sommige eenden op de vijver hadden in hun vleugels donkerblauwe veren en andere niet. Wat stom dat hij zijn vogelgids op zijn kamer had laten liggen. Hij had nooit postzegels verzameld, of sleutelhangers, of wat dan ook, en hij kon zich niet voorstellen dat hij nu opeens zou gaan bijhouden welke vogels hij had gezien. Nee, die gids had hij gekocht omdat er achterin een hoofdstuk stond over hoe het voelde om een vogel te zijn. Wat warmte en koude en wind en andere vogels en mensen en bomen voor hen betekenden. Hoe zij dat zagen, voelden, ervoeren. Hij zou met vogels beginnen, hij zou ze met zorg observeren en bestuderen. En daarna wilde hij misschien een kind. En van dat kind zou hij leren wat het precies was om een mens te zijn. Hij zou het allemaal kunnen inhalen.

Brokstukken

Het was de zomer van de muur, de zomer waarin de tuinmuur eindelijk werd wit gekalkt en toen op een nacht omviel ook. Niemand had het gehoord, zelfs mijn moeder niet, van wie mijn vader zei dat ze sliep als een vogeltje, maar kort nadien vertrok ze onverwachts op een lange, verre reis, zodat in mijn herinnering de twee gebeurtenissen onontwarbaar verbonden zijn.

Mijn moeder was een mooie, charmante vrouw, van wie mensen het gezelschap graag opzochten. In de zomer van de muur kwam geen einde aan de toeloop, alsof niet de muur maar het hele huis moest worden wit gekalkt. 's Avonds werd er gegeten aan een lange schraag in de tuin, of binnen in huis als de hemel betrokken was en het dreigde te gaan regenen. De volwassenen hadden weinig oog voor de kinderen, hielden het bij vragen over leeftijd en school. 'De zesde klas? Wat ben jij een grote meid!' Op een dag verscheen mijn broer met een blad op zijn hemd gespeld. 'Wim. Dertien jaar. Tweede klas middelbare school. Flink.' Hij hielp mee met het werk aan de muur, beweerde dat hij de enige was die er verstand van had. 'Die volwassenen kletsen maar,' zei hij. Hij had me achter op zijn fiets meegenomen naar het voetbalveld bij zijn school, toonde hoe hij daags tevoren het winnende doelpunt had gescoord. Hij acteerde alle rollen: tegenspelers, keeper, scheidsrechter, bal. 'Zie je het?' vroeg hij en ik knikte, al had ik alleen zijn enthousiasme gezien. 'Nu word ik vast opgenomen in de schoolploeg,' zei hij, maar zover kwam het niet. In de herfst vroeg hij aan mijn vader of hij naar een kostschool mocht gaan, want hij geloofde niet wat ons op een dag bij het ontbijt door mijn vader was verteld: mama is op reis gegaan.

Mama heeft gezonde lucht nodig, de lucht van de zee en de lucht van bergen. Mama is aan rust toe. Maar ik die van kleins af de woorden van mensen letterlijk opnam, was overtuigd dat de lucht in ons huis en de lucht in onze tuin haar hadden verdreven. Walmen stegen op uit de kelderverdieping, giftig gas ontsnapte uit het gras, het huis zweette en borrelde. Welke ziekte was het die diep in het lijf van mijn moeder zat, dat ze ver van ons moest gaan? Waarom liet ze ons achter in een huis waar de lucht niet deugde? Mijn moeder begon haar reis in de zomer van de muur. We vonden de brokstukken in de tuin en begrepen hoe het was gebeurd: poreuze steen en korrelig cement. 'Al dat werk voor niets,' zei mijn vader, en hij lachte. Maar nog voor iemand aanstalten had gemaakt om het puin weg te ruimen, verdween mijn moeder uit ons huis en vertelde mijn vader de leugen bij het ontbijt. Mijn broer ging naar zijn kostschool en ik bleef wachten op de kaartjes die mijn moeder ons vast zou sturen. In mijn hoofd kreeg een hypothese gestalte: door de bemoeienissen van de gelegenheidsschilders waren de gassen vrijgekomen die zich jaren in de muur hadden opgehoopt. Ze hadden mijn moeder verjaagd. Later groeide er mos op de brokstukken en plantjes met lange stengels en fijne gele bloempjes. Het puin begon op een ruïne te lijken, een plek om offers te brengen of geheime afspraken te maken. Ik liep er in een cirkel omheen. 'Gewoon een muur die is omgevallen,' zei mijn broer, maar ook hij raakte het niet aan. Veel later werd het huis verkocht met puin en al. Mijn moeder was toen terug van haar verre reis, ik wist waar ze woonde, zocht haar regelmatig op, praatte met haar alsof ze een goede vriendin was. Meer dan eens gebeurde het dat ik met die vriendin praatte over mijn moeder. In zekere zin is mijn moeder nooit van haar reis teruggekeerd.

Uiteraard was mijn moeder een mooie en elegante vrouw, maar het is moeilijk om haar met woorden recht te doen. Soms zie ik een foto van een filmster in een tijdschrift, en denk: ja, zo was zij ook. Mijn vader was smoorverliefd op haar. Aan tafel zat hij tegenover haar te glunderen alsof hij liever haar had opgegeten.

'Is jullie moeder niet verrukkelijk?' Wat beklaagde hij zijn vrienden met hun lelijke vrouwen, hun middelmatige bestaan. Hij haalde gasten in huis en wenste het uit hun mond te vernemen. Ja, zijn vrouw was een lust voor het oog. Toen mijn moeder mijn vriendin was geworden, vertelde ze me hoe ze ervan had gegruweld. 'En het ergste was dat ik eraan was verslaafd. Iedere dag wilde ik horen hoe mooi ik was.' Jaren heeft het me gekost om niet verliefd te zijn op haar. Het was me met de paplepel ingegeven: naar haar te kijken, haar mooi te vinden. 'Ik weet het liefje,' zegt ze, 'het was waanzin.' Maar ze was mooi, mijn moeder, er zijn geen woorden voor om te zeggen hoe mooi. Ik hield ervan naar haar te kijken, het was een plezier, geen plicht, haar mooi te vinden. Mijn broer is met een lelijke vrouw getrouwd. 'Schoonheid heb ik genoeg gehad,' zegt hij. Maar een mens wordt niet mooier van lijden en verdriet. En geleden heeft ze, toen ze is vertrokken als een dief in de nacht, zonder man of kind. Niets mocht ze van mijn vader meenemen, zelfs geen schoon ondergoed. 'Had hij gedurfd, hij had me naakt de straat op gestuurd.' Ze mocht gaan, hij kon haar niet tegenhouden, maar van het huis moest ze afblijven. Ik bleef er wonen, samen met hem. De walmen waarvoor mijn moeder op de vlucht was gegaan, nestelden zich in onze kleren en vraten aan onze huid. Een vreemde, slopende ziekte nam van ons bezit.

Na het vertrek van mijn moeder was de wereld zwanger van betekenis. Het begon met de muur – witte kalk over steenkanker, witgekalkt graf – maar tastte uiteindelijk elk voorwerp en elke gebeurtenis aan. Mijn vader kocht een meloen op de markt, sneed hem open, zag zwarte pitten in het hart ervan, kegelde het fruit tegen de grond en barstte in een scheldtirade uit. 'Rot,' zei hij. 'Rot.' En: 'Wij zijn verdoemd. Jij en ik, dit huis, dit fruit, allemaal verdoemd.' Ik was twaalf jaar oud. Hoorde hij op de radio een liedje waarop hij en mijn moeder ooit hadden gedanst, dan vatte hij moed en haalde een fles champagne in huis, overtuigd dat ze terug zou komen, dat ze hem via de radio een boodschap had gestuurd. 'Toe,' zei hij, 'trek die gebloemde jurk nog eens aan.' Dat was de jurk die ze vaak had gedragen in de zomer van de muur. Ik moest dansen op een lievelingsplaat van haar, hij sloot zijn ogen half, glimlachte, begon te snikken. 'Voorbij, allemaal voorbij.' Hij haalde de lijsten van de muur, hing jurken van haar aan de vrijgekomen spijkers, lege jurken waaruit metalen kleerhangers staken. Op de verjaardag van haar vertrek vielen hagelstenen uit de hemel, als eieren zo groot. 'Haar brem,' jammerde hij, 'haar rozestruik, haar rododendron. Haar gouden regen.' Het maakte niet uit dat de ravage bij de buren zo mogelijk nog groter was. De natuurkrachten spanden tegen hem samen, op kosmisch niveau werd zijn ondergang gepland. Had ik mijn broer niet gehad, ik zou zijn paranoia hebben gedeeld, maar mijn broer zei: nonsens, nonsens, nonsens, knuffelde me, nam me met zich mee achter op zijn fiets. Hij toonde me de plek waar hij met vrienden had gekampeerd. 'Waarom ga jij niet op kostschool?' vroeg hij, maar ik durfde mijn vader niet alleen te laten en hij zou me niet hebben laten gaan. Had hij gekund, hij had een stolp over het huis geplaatst. Niets erin. Niets eruit. 'Kom met me mee,' zei mijn broer. Naar een kostschool voor jongens? Mijn haar laten opscheren zoals het zijne, kleren aantrekken die hij ontgroeid was, het moest te doen zijn. 'Maar ik kan niet voetballen,' zei ik. 'Ah,' zei hij, 'dat moet je dan eerst leren.' In de zomer van de muur hadden wij vaak onze ouders vergezeld als zij op bezoek gingen bij vrienden. Op weg naar huis was ik onveranderlijk op de achterbank van de wagen in slaap gevallen. Mijn broer bleef altijd wakker.

Nadat hagelstenen de tuin hadden vernield, zette mijn vader het tegenoffensief in. Niets werd nog aan het toeval overgelaten. Hij zette geen stap buiten de deur tenzij hij zich vergewist had dat alle gordijnen recht hingen, alle gas- en waterkranen hermetisch waren afgesloten, alle lichten waren gedoofd. Schoenen moesten paarsgewijs op een rij staan, boeken werden alfabetisch geschikt, kousen en ondergoed lagen in keurige stapeltjes in de kast, aan voedingswaren kwam een etiket te zitten met vermelding van de datum van aankoop. Hij noteerde de duur van telefoongesprekken, hield zorgvuldig inkomsten en uitgaven bij. Het leven werd een ingewikkelde aaneenschakeling van rituelen. Als de melkflessen met het etiket naar voren gekeerd in de deur van de koelkast stonden, zou er niets gebeuren. Het kwade oog kon met dergelijke eenvoudige trucs worden bezworen. Toch greep het verval om zich heen. De schoenen stonden op een rij en de gordijnen hingen recht, maar aan schoonmaken dacht hij niet en ik zou niet geweten hebben hoe eraan te beginnen. De planten moesten dringend worden verpot, dode takken moesten worden weggesnoeid, maar ik mocht er geen vinger naar uitsteken. 'Volstaat het niet dat de tuin is vernield?' Woedend was hij toen ik buiten zijn weten om speelgoed naar een tweedehands winkel had gebracht. Het huis moest en zou bewaard blijven zoals mijn moeder het had achtergelaten. Het moest het huis blijven waarin zij had geleefd, waarin hij met haar gelukkig was geweest. Hij kreeg het moeilijker en moeilijker met het weggooien van dingen, zelfs van huisvuil kon hij niet scheiden. Inpakpapier, reclamebladen, lege omhulsels, bokalen en schaaltjes, hij bewaarde alles. Hij kon de tijd niet stilzetten. Planten schoten op, goten raakten verstopt, verf bladderde van het houtwerk. In de hagelbui was het afdakje boven het terras weggerukt. Flarden plastic bengelden tussen het gebinte, maar werden niet weggehaald. Alles moest blijven zoals het was. Aan de veranderingen die spontaan optraden, mocht niet worden getornd.

'Soms,' zei mijn vader, 'als ik sta te plassen, kijk ik naar mijn lul en denk: wat een ellende was me niet bespaard als ik zonder dat ding was geboren.'

We vierden mijn dertiende verjaardag, niet zoals het jaar daarvoor met warme chocolademelk, krentenbrood en kaas, maar met wijn, rode wijn, geschonken uit de beste fles van de kelder, zei hij, maar ik betwijfelde of dat waar was.

'Jouw moeder,' zei hij, 'hield niet van wijn.'

In de verleden tijd. Of ze dood was.

'Wat voor iemand was ze?' vroeg hij me.

'Wie?'

'Je moeder.'

'Mama?'

'Ja. Je moeder.'

'Mama is mama.'

'Smaakt het?'

'Nee.'

'Het went,' zei hij. 'Sneller dan je denkt.'

Hij dronk snel.

'Ze zat daar maar te glimlachen. Altijd en eeuwig te glimlachen. En ik dacht: als ze glimlacht, dan zal ze wel gelukkig zijn.'

Er liepen tranen over zijn wangen.

'Dwaas,' zei hij. 'Dwaas.'

Hij sloeg met zijn vlakke hand tegen zijn voorhoofd.

'Wie ben jij? Wat zit jij mij aan te staren?'

'Papa, alsjeblieft.'

'Te goed om met mij te drinken. Net als je moeder. Wat een trut.'

Maar we werden drinkebroers. Wijn vond ik niet lekker, maar ik leerde te houden van het gevoel dat volgde na enkele teugjes. Mijn vader bekommerde zich niet langer om de gordijnen, de schoenen of de melkflessen. Hij wou praten, oeverloos praten.

'Vind je dat je me die dingen kan vertellen?' vroeg ik op een avond, maar hij leek niet te begrijpen wat ik bedoelde. Mijn poppen zaten netjes aangekleed en gekapt op de rekken die mijn moeder ooit had laten timmeren. Ik kon me nauwelijks herinneren er ooit mee te hebben gespeeld.

'Jouw moeder wou niet drinken,' begon hij opnieuw, 'omdat ze zich niet kon laten gaan. Ze was bang de controle te verliezen. En terecht zoals zou blijken. Eén keer is ze uit haar rol gevallen. En hoe. Wie haar aan het drinken heeft gekregen weet ik niet, maar ze was in ieder geval dronken en vatte plotseling, zoals dat gebruikelijk is bij vrouwen van haar slag, een grote liefde op voor de mensheid. Alles en iedereen viel ze om de nek, als het haar eigen man maar niet was. Voor mij had ze een bijzondere liefkozing in petto. Ik walg van jou. Vier woorden blubber op een dikke tong. Ik walg van jou. Ze sprak de waarheid, daaraan twijfelde ik niet. Ze walgde van mij en vreemd genoeg walgde ik van haar zoals ze daar stond met opengesperde neusgaten, bezweet voorhoofd en rode kaken. Dus vond ik het normaal dat zij van mij walgde en besteedde ik er verder geen aandacht aan.'

'Wanneer was dat?'

'Tegen het einde. Op een van de feestjes voor de muur. We hadden erover moeten praten, maar ik dacht, het heeft niets te betekenen, ze is dronken. Het is de wijn, meer niet.'

'Maar het was de waarheid.'

'Wie zal het zeggen? Op dat ogenblik was het zeker de waarheid. Misschien wou ze bij mij weg omdat ik haar zo had gezien. Ze was niet mooi toen ze dronken was. En ze had staan flirten met onze halve kennissenkring. Dat was haar stijl niet. Je zou je moeder moeten kennen om te begrijpen wat ik bedoel.'

'Ik ken mama toch.'

'Niet zoals ik. Maar wie kent er ooit een vrouw?'

'Vrouwen,' zei ik met ongeveinsde minachting.

We klonken.

Het waren vreemde tijden. Op school zat ik versuft in de bank en slaagde er niet in interesse op te brengen.

'Het spijt me,' zei het schoolhoofd, 'maar je zal moeten blijven zitten. Mis je je moeder erg?'

'Ja,' zei ik, en ik begon te snikken. Ze liet me uithuilen en gaf me een glaasje limonade. Ze kreeg het voor elkaar dat ik samen met de hele klas mocht overgaan.

Als mijn broer een weekend naar huis kwam, lieten we de flessen in de kast. Omdat ik niets kon zeggen over de dingen die op mijn tong brandden, gedroeg ik me afstandelijk. Hij maakte daaruit op dat ik zijn aanwezigheid niet waardeerde. 'Maar ik ben juist blij als jij er bent,' zei ik, en ik meende het. Hij geloofde me niet en kwam minder vaak naar huis. Toen mijn moeder terugkeerde vanwaar ze was geweest, zocht ze eerst hem op. Hij belde me meteen, maar er gingen nog weken voorbij voor zij mij een brief schreef. Ze stelde voor elkaar te ontmoeten in de stad. Voor een kop koffie. 'Tenzij ik tegenbericht van je krijg, zal ik om drie uur zaterdagmiddag voor het stadhuis staan.' Zaterdag om halfdrie vroeg mijn vader of ik mee boodschappen ging doen. 'Ja,' zei ik. Ik had mijn moeder geen tegenbericht gestuurd.

'Hoe kon je,' zei mijn broer.

'Hoe kon zij,' antwoordde ik.

Jaren later zijn we nog eens met z'n vieren gaan eten. Mijn broer had een beurs gekregen en zou in Amerika gaan studeren – hoe verder, hoe beter voor hem – en hij had het gezin van weleer uitgenodigd. Op de terugweg naar huis viel ik op de achterbank van de auto in slaap. Ik werd wakker in de garage toen mijn vader de motor afzette. De plaats naast hem was leeg.

Het is allemaal erg lang geleden. Ik kan nu vermoeden hoe de dingen tussen hen zijn gelopen, hoewel zoiets nooit te achterhalen valt. Zelfs indien de gebeurtenissen gefilmd waren en de gesprekken op band waren vastgelegd, dan zouden duizend en één nuances en impressies zijn verloren. Je kan niet binnen in het hoofd van de mensen filmen en opnemen. Soms zegt mijn moeder nu: 'Ik moest weggaan, begrijp je, ik was aan het doodgaan.' Zo'n mooie, stralende vrouw. Geen groter geluk was er voor mij dan in haar buurt te zijn, dan naar haar te kijken. En zij was aan het doodgaan.

'Je moeder hield niet van feesten,' zei mijn vader vaak in de tijd dat we drinkebroers waren, maar dagen zonder gasten aan tafel waren eerder uitzondering dan regel. De zomer van de muur was één lang feest. Zelfs toen mijn moeder de vier woorden had gesproken: ik walg van jou, ging het feest verder. Oorverdovend was de drukte van stemmen en bestek, en ik wachtte op het verlossende teken van mijn moeder: ja, ga maar van tafel, zodat ik mijn geheime plekken kon opzoeken in de tuin: de haag, de put waar het gemaaide gras werd gestort, de holle boom. 'Ah, daar ben je,' zei mijn vader soms als ik later het dessert kwam vragen, maar ik geloof niet dat hij me echt zag in die tijd.

Mijn vader en ik vierden mijn veertiende verjaardag op dezelfde manier als mijn dertiende, alleen dronken we meer. Hij was kleiner dan het jaar daarvoor, hij verschrompelde zienderogen. Er restte hem niet veel lijf meer om zijn kleren te vullen, alsof ze weldra als lege hulzen autonoom door het huis zouden bewegen. Voor ik er erg in had was hij aan het huilen. Ik overwoog om mee te huilen, maar bedacht toen dat het mijn verjaardag was.

'Kop op, papa, het is feest vandaag.'

'Ja,' zei hij, maar snotterde verder. 'Jouw moeder,' bracht hij uit, 'was een heilige vrouw. Ik was niet waardig de zoom van haar jurk te kussen.'

'En wat als ze een lange broek droeg?'

Ik was niet in de stemming voor ontboezemingen, maar mijn sarcasme baatte niet. Het moest eruit, en ik zou het aanhoren. Later op de avond nam hij me mee naar zijn kamer en toonde me zijn collectie.

'Wat vind je ervan?' vroeg hij.

'Ze hebben allemaal wel erg grote borsten.'

'Dat hoort erbij.'

'Denk je dat ze het leuk vinden?'

'Wie?'

'Die meisjes.'

'Ze lachen toch.'

Ze lachten inderdaad. Welk voorwerp ook bij hen naar binnen werd geschoven, de glimlach bestierf niet op hun lippen.

Als ik alleen thuis was, nam ik vaak de tijdschriften uit zijn nachtkastje en keek naar de foto's. Ze wonden me op, misschien omdat de vrouwen op de plaatjes niets te maken hadden met de vrouwen die ik kende. De houding waarin ze lagen en de proporties van hun lichaam waren mij niet vertrouwd. Sommige vrouwen schoven met opgewekt gelaat het geslacht van een hond bij een andere vrouw naar binnen. Andere waren met riemen vastgebonden. Er werden pijnlijke dingen met tepels gedaan. Een vrouw als een hond op handen en voeten aan een leiband, ze was naakt deze vrouw maar haar gezicht was gemaskerd en over haar lichaam liep een harnas van riemen. Bij deze reeks zaten ook foto's van mannen, met ijzeren knijpers waren kettingen aan hun tepels bevestigd, hun erecties waren evenzeer buiten proportie als de borsten van de vrouwen.

Op een dag vond ik een zwart slipje tussen de tijdschriften. Het was niet echt een slipje, want in de stof van het kruis zat een met kant afgezette scheur. 's Avonds probeerde ik de vier woorden die mijn moeder had gesproken. Ik walg van je. Ik walg van je. Eerst binnensmonds. Daarna hardop. Ik schreeuwde. En ik sloeg hem. Toen ik was begonnen kon ik niet ophouden. Hij bood geen weerstand. Hij liet zich slaan.

Die tijd is ook voorbijgegaan. Op een dag hield mijn vader op met huilen en jammeren en krimpen. Hij ging naar de kapper, kocht nieuwe kleren, haalde een makelaar in huis die beloofde het huis te verkopen.

'En ik?'

'Jij komt met mij mee.'

Maar hij had me niet meer nodig.

Achteraf zijn er woorden voor. Depressie. Ontreddering. Zinnen ook. 'Toen mijn vader door mijn moeder werd verlaten, had hij een zware depressie.' Zo rustgevend. Niets aan de hand. Gewoon een depressie. Met een bepaald verloop: een dieptepunt, een keerpunt. De depressie van mijn vader nam een keerpunt toen hij op een nacht tegen een paal reed. Zijn auto was total loss, maar zelf had hij bijna niks. Voor de eerste keer sinds de zomer van de muur waren de goden hem gunstig gezind geweest. Het teken stemde hem euforisch. Hij belde iedereen op om hun het blijde nieuws te melden. Dat hij door het oog van de naald was gekropen. Dat het leven mooi was. Dat we vooral erg veel van elkaar moesten houden, want dat het allemaal zo gauw en plotseling voorbij kon zijn. Het was niet het einde maar het was het keerpunt. Hij ging nog op en neer als een jojo, maar de pieken werden minder hoog en de dalen minder diep. Af en toe bleef er iemand bij hem slapen. Ze was amper zes jaar ouder dan ik. Aan het ontbijt praatte ze meer met mij dan met mijn vader. We ontdekten dat we van dezelfde muziek hielden. Ik wist niet of de pornoblaadjes nog in zijn nachtkastje lagen. Misschien keken ze er samen naar en droeg zij dan het slipje. Ik kwam niet meer in zijn kamer. Het was nu hun slaapkamer.

Mijn vader en ik zien elkaar niet vaak meer. Niet omdat er in de jaren die volgden op de zomer van de muur iets gebeurd zou zijn waarover we ons moeten schamen. Er liep nooit iets uit de hand. Er speelde zich nooit iets onherstelbaars af. Zelfs toen ik hem begon te slaan en dacht niet te kunnen ophouden, hield ik toch op en ging naar mijn kamer en er werd niet meer over gepraat. Van de sporen die het naliet waren wij ons niet bewust, zodat ik nog altijd niet zeker weet of het sporen naliet. Mijn vader heeft nooit weet gehad van de fantasieën die mij plaagden als ik in zijn kamer in de tijdschriften bladerde, en achteraf in mijn kamer als ik me die foto's voor de geest haalde. Nee, hij kan niet hebben geweten wat een warhoofd zijn dochter was, hij kan niet hebben vermoed dat ik het als mijn plicht zag hem te redden. Tot welke prijs dan ook. Wij zien elkaar niet vaak meer omdat de situatie waarin we leven is veranderd. Een mens heeft meerdere levens en sterft meer dan één dood. Waar mijn vader geen oog voor had, was dat ook ik moest sterven en herboren worden toen mijn moeder op haar lange en verre reis vertrok. Flarden, brokken van vroeger breken soms met geweld binnen in het leven dat ik nu leid, eisen aandacht in het bewustzijn dat ik nu ben. Het maakt me bang, zoveel leven, zoveel ervaring. Vroeger dacht ik: herinneringen vervagen. Mijn vader, mijn moeder, mijn broer en ik samen in het huis, in de tuin, in de auto, ze zullen oplossen en verpulveren, niet plotseling zoals de muur instortte, maar langzaam en nauwelijks merkbaar, zoals de kalk op de muur zou zijn gaan bladderen indien die daar de kans toe had gehad. Maar dergelijke elegante nostalgie is mij vreemd. Onverhoeds beukt het verleden op mijn leven in. Soms in de bioscoop zie ik plots mijn moeder op het scherm in de knappe, ontwapenende actrice die zich nauwelijks van haar schoonheid bewust is. Niet de vrouw die mijn vriendin is, maar mijn moeder zoals ze was in dat andere leven. In eindeloos durende seconden word ik achterwaarts geslingerd door de tijd, tot ik weer bij mijn ouders aan tafel schuif, haar zie zitten, mooi, lief, glimlachend. Seconden later ben ik terug in de bioscoop. Ik ben lichtjaren weg geweest. Er zijn mensen die slechts één leven hebben. Ik acht hun lot niet benijdenswaardig, in gedachte noem ik hen vissen. Onlangs maakte ik mee hoe mijn moeder in mijn bijzijn naar een vroeger leven werd gesleurd. Ze wou me begroeten met een vriendschappelijke kus – maar halverwege het gebaar werd het iets anders, een knuffelpartij van een moeder. Ik bleef waar ik was, observeerde haar metamorfose. Toen het voorbij was, was ze verward. Ze bloosde.

In mijn huidige leven woon ik met een man met wie ik op zondagmiddag een partijtje tennis speel. Na afloop eten we bij de Chinees, de Italiaan of de Vietnamees. We hebben twee kinderen die ons graag vergezellen. Ik weet weinig over de verschrikkingen van hun bestaan. Ik weet niet welke plekken in ons huis voor hen beladen zijn met geheime krachten. De jongste zie ik soms voor zich uit praten als ze alleen in de tuin speelt. Ooit vond ik een briefje bij de telefoon. 'MAMA leezen en voor niemand anders.' Ik draaide het om en las. 'Waarom ben jij altijt boos op mij MAMA.' Ik zocht haar op, ze zat onder de struik die in het najaar rode besjes draagt. Ik hurkte naast haar neer, luisterde, hoorde vele geluiden, fluisterde: soms ben ik boos als je niet wil doen wat ik je vraag, maar ik ben niet echt boos, het is maar even. Ze sloeg haar armen om me heen, zoende me met overgave en hartstocht, en ik wist dat ik haar niet kon beschermen, dat ook zij zeven levens zou moeten doormaken, zeven keren zou moeten sterven. Er was niets, bijna niets dat ik voor haar kon doen. Ik kon soep voor haar koken, haar een kusje geven voor het slapengaan. Ik kon haar leren hoe zich te gedragen in gezelschap. Sociale vaardigheid, rekenen, taal, wereldoriëntatie, gedrag, orde, inzet, vakjes op haar rapport waarin een cijfer wordt genoteerd. Verder was ze alleen. Ik kon een wandeling maken met haar vader. Wij konden kopzorgen over haar delen. Wij konden zeggen: ze groeit er wel overheen.

Sprookje

Er waren eens een man en een vrouw die een kind kregen dat leefde. Toen kregen ze nog een kind en het stierf, en toen nog een kind en ook dat kind stierf. Het eerste kind was een meisje, het tweede en het derde waren jongetjes. De kinderen heetten Katherine, Benjamin en Robert, maar hun namen werden meestal afgekort tot Kathy, Ben en Rob. Na de dood van het derde kind namen de man en de vrouw geen kind meer, maar wel een hond, die door hun dochtertje Lady werd gedoopt. De man maakte foto's van zijn vrouw, van zijn dochter en van de hond, en vroeg toen aan zijn vrouw om een foto van hem te maken. De foto's werden ontwikkeld en in het fotoboek geplakt. 'Eindelijk met z'n vieren!' schreef de vrouw erbij, maar nog geen drie jaar later ging ze weg van de man, en ongewild dus ook van het dochtertje en de hond.

Er waren eens een man en een vrouw die een kind kregen dat leefde. Toen kregen ze nog een kind en het stierf, en nog een kind en ook dat kind stierf. Het eerste kind, dat was blijven leven, was een meisje, dat groter en groter werd, tot ze op een dag niet meer groter werd: ze was volgroeid, klaar om zelf kinderen te krijgen die zouden leven of niet leven.

Als je gebloed hebt kan je kindjes krijgen, wist het meisje, maar ze bloedde vele keren voor het eindelijk zover was: kijk mama, kijk papa, een buik voor jullie, er zit een kindje in. De man, de vrouw en de dochter zaten bij het vuur en streelden de buik die voller en boller werd en het nieuwe kind dichterbij bracht. Maanden gingen voorbij maar nog werd het kind niet geboren. Ze voelden het bewegen in de volle, bolle buik en zagen het zich wentelen. Ten slotte begrepen ze dat het kind nooit zou worden geboren en nooit zou sterven. Het meisje zou eeuwig en altijd zwanger blijven, de zwangere buik zou voor altijd in hun midden zijn.

Had ik gedurfd, ik had mijn haar afgeschoren en met een scherp mesje in mijn borsten gekerfd. Ik had mezelf uitgehongerd en had in zwarte losse kleren rondgelopen. Ik was boete en rouw geworden.

De nacht voor je stierf dronk je vader van je melk. Daarna kon ik niet meer verdragen dat mijn borsten werden aangeraakt. Je broertje dat een jaar later werd geboren, zoogde ik niet. Ik wilde worden ontsekst, ontlijfd. Er waren mannen, vrij veel mannen, voor wie verdriet sexy bleek. Die in dat lijf wilden zijn dat een poging ondernam zichzelf te ontlijven. Het beeld dat ik van mezelf had, was weinig sexy. Een vrouw van wie de huid is afgestroopt, en die naakt en met zout ingesmeerd te kijk wordt gezet. Het waait. Maar niemand ziet dat ik naakt en ontsekst ben, niemand ziet mijn aders en spieren en zenuwen die blootliggen, het zout dat erin bijt. Ik moet praten. Ik moet mijn mond opendoen en er geluid uit laten komen. Ik ben omringd door wezens die lachen en bewegen en eten en bulderen. Ze maken me bang.

Ik lig in bed en naast me ligt een man. Mijn man. Het is donker, pikkedonker, we zien niets, voelen alleen. Ik weet niet wat hij voelt, maar wat ik voel is dit: ik zit in een diepe put en hij zit in een diepe put. Als we allebei uit onze put zijn geklauterd, kunnen we elkaar een hand geven. Het is niet mogelijk om van mijn put een tunnel naar zijn put te graven. Er staan geen ladders tegen de wanden van de put.

De wetmatigheden van wanhoop zijn deze: een wanhopig lichaam probeert zichzelf te vernietigen. Er kan geen contact zijn tussen wanhopige en niet-wanhopige lichamen. Een wanhopig lichaam dat contact zoekt of heeft met een ander lichaam is niet langer wanhopig.

Zuivere wanhoop leidt tot zelfmoord, de vernietiging van het lichaam, dit wil zeggen, van de band met het leven, met ervaring. Voor de wanhopige betekent het besluit om zelfmoord te plegen het einde van de wanhoop. Er blijkt een uitweg te bestaan, leven is geen noodzaak. Dit is een rustgevende gedachte. Blijft nog het probleem: hoe?

Mijn zoontje is gecremeerd en alle mensen die naar het feest gekomen zijn, want dat is zo'n begrafenismaal toch een beetje, zijn eindelijk de deur uit, ik heb het hun moeten vragen – ga weg, ga alsjeblieft weg. Ik ben in mijn bed gaan liggen, altijd die behoefte om in bed te gaan liggen, alsof je in je graf gaat liggen of terug in de baarmoeder kruipt. Ik lig in bed, er liggen bruine lakens op bed – een huwelijkscadeau. Niet mooi, dat bruin, maar het wordt niet vlug vuil. Ik denk niet veel, ik denk: oef, nu kan ik sterven. Ik denk dat ik het over een week of twee zal doen, dan ben ik in het buitenland voor een congres. Wat me ook wel wat lijkt, is de auto in de garage, slang om de uitlaat, en zo door een raampje de auto in, waar ik dan rustig een boekje lees. De garagedeuren en ramen zijn hermetisch dichtgemaakt met krantenpapier. Ik denk hierbij aan de garage van mijn ouders – dat zal wel te maken hebben met dat verlangen om naar de baarmoeder terug te keren. Ik denk niet aan wie mijn lijk zal vinden, ik denk niet aan hun wanhoop. Geen seconde. Ik denk alleen aan hoe ik het zal doen.

'Mama.'

Mijn dochter is twee en een half, en kan niet bij de klink. Ze staat aan de andere kant van de slaapkamerdeur en wil naar binnen, in mijn slaapkamer, mijn bed.

'Mama, mama.'

Hoe dikwijls zegt zij 'mama'?

Er kantelt iets in mijn kop. Ik stap uit mijn bed, mijn graf, loop naar de deur, doe hem open, laat haar binnen. 'Liefje.'

Later zal ik honderden keren mijn armen om haar heen slaan, voelen dat ze leeft, denken: sorry, sorry dat ik dat toen even was vergeten. Haar vader zal het me lang kwalijk nemen. Hoe kon je? zegt hij.

De wanhopige vergeet veel. Er moet de wanhopige veel vergeven worden, maar er wordt haar niet veel vergeven. De wanhopige breekt veel potten.

De wanhopige voelt zich dood, maar er wordt van haar verwacht dat ze de handelingen van de levenden verricht. De wanhopige denkt: ziet men dan niet dat ik dood ben? Nee, men ziet het niet want de wanhopige is niet dood.

Wanneer houdt wanhoop op? Het wanhopige lichaam geneest. Het krijgt een nieuwe huid, die het rauwe vlees bedekt. Wanhoop houdt ook op als het wanhopige lichaam een ander wanhopig lichaam ontmoet. Zelfs indien die twee samen in een diepe put zitten, heet die put niet langer wanhoop. In de put van wanhoop is geen plaats voor twee.

8 september 1983

Ik denk dat hij het koud heeft. Ik voel hem rillen.

Na Ben NB
Voor Ben VB

9 september 1983

Woorden.

Zwart.

En: de dagen zijn te lang.

15 september 1983

Ik wou dat er een onderwereld was waarin ik kon afdalen en op zoek gaan naar jou.

28 september 1983

Eerst komen mensen omdat hij geboren is. Daarna komen ze omdat hij gestorven is.

1 oktober 1983

Nu hoef ik me nooit meer zorgen om je te maken. Nu hoef ik nooit meer bang te zijn want jij gaat nooit meer dood.

februari 1984

Terwijl het gebeurde: dit is niet echt, we doen maar alsof en als we allemaal heel hard hebben gehuild, dan kom je terug.

Ben is een foto op de kast.

Nergens thuis want jij bent nergens.

In de krant: 'Benjamin Karel Smith bracht bij ons de mooie zomer van 1983 door.'

Zondag 28 augustus 1983

Mijn man zou met mijn broer gaan fietsen, maar ik zeg tegen hem: toe, laat mij gaan, ik moet er eens uit. Het is de tweede keer dat ik mijn zoon, die op zes juli is geboren, verlaat. Gisteren heb ik dat gedaan om gauw gauw wat kleren te gaan kopen. Ik heb een lange grijze flanellen rok gekocht. Waarom heb ik dat gedaan? Ik weet het niet, het is zomer en prachtig weer. Maar ik zal de rok op de begrafenis van mijn zoontje dragen. Het is een tweedehands rok, misschien heb ik hem daarom gekocht. Ik ben in een periode waarin ik kleren niet zo belangrijk vind en er dus ook niet veel geld aan wil uitgeven. In een tweedehands winkel moet je je tevreden stellen met wat je kan krijgen. Gisteren heb ik mijn zoontje bij zijn vader achtergelaten met een flesje waarvan hij geen druppel heeft willen drinken. Wel heeft mijn oedipale zoon luid gebruld vanaf het moment dat ik het huis ben uitgegaan. Ik voel me erg trots, denk: goed zo, jongen, jij weet tenminste wat trouw is. Toch zal ik hem vandaag opnieuw met een flesje bij zijn vader achterlaten. Ik ben begonnen de navelstreng door te knippen. Hij zal me dit zeer kwalijk nemen. Toen ik gisteren thuiskwam van het winkelen, zaten allerlei mensen op het kleed in de woonkamer, het raam stond open, dat was ongewoon, normaal werd alleen het raam aan de tuinkant opengezet, maar het is dan ook een ongewoon warme zomer. Je vader hield je in zijn armen en probeerde je te sussen. Ik nam je meteen van hem over.

Maar nu is het zondagmorgen. Ik ga fietsen met mijn broer,

vertel hem hoe goed het wel met me gaat, hoe sterk en gelukkig ik me voel. Als ik thuiskom staat mijn man alweer met de baby in zijn armen. Hij staat bij de omheining en toont hem aan de buren: wat een flinke baby! Zo'n dikkertje! Ja, jongen, jij moet dat flesje niet, jij mag van je mama drinken. Je mama heeft lekkere melk voor jou. Kijk, zegt zijn vader, en hij toont me een plastic zak met net kleine peperbolletjes. De reukerwten zijn uitgebloeid en hij heeft het zaad verzameld om het volgend jaar in het voorjaar te zaaien. Ik ga naar binnen om de baby te voeden.

Ik wist niet dat dat kon, een baby die zo maar stierf. Ik wist het niet en niemand had het me gezegd. 'Baby's sterven niet zo maar,' zei ik vaak tegen mijn ziekelijk ongeruste moeder. 'Toch niet een gezonde baby.' Zij sprak me niet tegen, keek alleen even op. Haar moeder had twee zoontjes verloren. Dat wist ik, natuurlijk, maar dat was vroeger, lang geleden. En er was iets met die baby's. Het ene kind werd na tien maanden zwangerschap dood geboren (Kan dat? denk ik nu. Is het mogelijk dat ze die baby zo lang in haar buik hebben gelaten?) en het tweede kind werd met griep besmet door een verpleegster die zelf niet ziek was, maar wel in een gezin kwam waar griep heerste. Medische nalatigheid. Iets van vroeger.

En ook dat is niet waar. Vrienden van vrienden hadden het meegemaakt. Hun eerste kindje, een jongetje. Vijf maanden was hij. Er werd veel over gepraat. Het woord 'wiegedood' werd uitgesproken. Maar dat waren andere mensen.

Wat hield ik van mijn lichaam in de zomer van drieëntachtig. Het kon vrijen en zwanger worden en baren en zogen. Ik was zwaar zwanger geweest, had naakt voor de spiegel gezeten, had niet kunnen geloven dat ik dat allemaal was, en het was ook niet allemaal ik, het waren jij en ik. Na je dood zei iemand: eigenlijk is het een vorm van infertiliteit. Ik vermoed dat dat was nadat je broertje ook nog eens was gestorven. En ik die altijd zo trots was geweest op mijn vruchtbaarheid. Op mijn borsten, mijn heupen, mijn baarmoeder. Ik dacht: ik baar de dood. Ik wilde mijn lichaam vernietigen. Een andere vriendin zei: we waren kleine goden. Kleine? Ik reed in een zonnewagen hoog over de wolken, ik was een almoeder, een vruchtbaarheidsgodin. Baren was voor mij het ultieme orgasme, pijn en genot, leven en dood, nou ja, dood volgde enkele weken later. Ik dacht: er moet daar een grote sadist aan het werk zijn geweest. Iemand die zei: laten we ons eens goed amuseren, die daar met het zwarte haar, we gaan die eens heel gelukkig maken, we gaan die heel hoog tillen en er dan voor zorgen dat ze met een smak neerkomt. Hybris. Ik heb een moeder die zegt christelijk te zijn, maar eigenlijk gelooft in de Griekse goden. Hun onverschilligheid. Wreedheid. Wispelturigheid. Jij, met het zwarte haar. Jij.

Ik noemde je mijn talisman.

Maakte het uit dat het een jongetje was? Ik denk het wel. Met hem op bed liggen – da da da, lieve lieve Benneman – zijn buikje kietelen – toe, lach eens naar je mama, da da da, ja, flinke man lacht naar zijn mama – en toen met een uiterste krachtsinspanning: kga, kga, kga, diep in zijn keel. Ik was een hopeloos verliefde mama. Dwaze mensen die gelukkig zijn. Blind.

Neuze, neuze, neuze. Er zit een tepeltje op het neusje van Ben en er zit een tepeltje op het neusje van mama.

Toen we wisten dat ik zwanger was, plantte mijn man een boompje dat nooit groeide. Het werd geplant in de herfst, verloor zijn blaadjes en kreeg er nooit nieuwe bij. Nadat Ben was gestorven, zaagden we het bij de wortels af. We verdroegen die dode boom niet. Telkens als ik langs het stompje liep, dacht ik: dit is het graf van Ben.

We adopteerden twee zwerfkatjes. Op een avond hoorden we gepiep bij de voordeur. Het regende en het was koud. Twee pluchen diertjes bibberden op de drempel. Ze zouden jaloers zijn als de baby er was, maar toch maakten we een warm nest voor hen in de keuken. Eerst werd het ene overreden, daarna het andere. Het was telkens mijn man die het lijkje vond als hij thuiskwam van avondschool. Domme katjes, zeiden we, maar het huis stond aan dat soort weg. Geen straat maar een weg, waar verkeer door raast van of naar de oprit van de autoweg. En het boompje? Natuurlijk groeide dat niet. Het stond onbeschermd in het tochtgat tussen twee huizen. Wie plant er nu een boom op zo'n plek?

4 juli 1983

Een snikhete dag. Ik ben zwaar en rond, het wachten moe. Ga fietsen, had een vriend gezegd, dat brengt de geboorte op gang. Een arts, hij zou het wel weten. Dus zet ik Kathy in het stoeltje achter op mijn fiets, en ga fietsen. De streek is niet vlak, ik trap flink door, hoop zo de geboorte op gang te brengen, en voor ik het in de gaten heb, ben ik in Bertem en sta op het kerkhof achter het mooie Romaanse kerkje. Hoe ben ik daar terechtgekomen? Ik weet het niet. Mijn fiets staat tegen de kerk en ik wandel met Kathy tussen de graven door. Het is een prachtige, zonnige dag. Ik kijk naar de blauwe lucht en de groene kruinen van de bomen, en nu kijk ik ook naar beneden. Ik sta bij de kindergraven, de graven van de engeltjes, twee jaar, zeven jaar, acht maanden, zes weken, tot de Heer geroepen, kleine witte graven. Het is of een koude hand op mijn hart wordt gelegd. Ik neem Kathy in mijn armen, vlucht weg.

Zondagmiddag, 28 augustus 1983, ongeveer tien voor drie

Je vader en ik zijn vandaag vijf jaar getrouwd en ik ben gisteren achtentwintig geworden. We zitten achter in de tuin bij mijn broer te barbecuen. Mijn broer begint te vertellen over vrienden van hem die een kindje hebben verloren. Wiegedood. Of misschien was het kindje nog op tijd gevonden en wordt zijn ademhaling nu geregistreerd door een apparaatje, ik herinner het me niet. Hoe dan ook, de woorden dood en wiegedood worden uitgesproken. Mijn schoonzus zegt tegen mijn broer: waarom vertel je dat? Je maakt hen nog ongerust. Nee, nee, zeg ik, je maakt me niet ongerust, maar ik leg mijn hand op de onderarm van mijn man en vraag hem: ga toch eens kijken. En dan de zin: Kristien, get an ambulance, quick. Mijn man is een Brit, alles speelt zich in het Engels af. En ik die ga staan en naar het huis loop en mezelf weerspiegeld zie in het raam, mezelf zie lopen en weet: het is volbracht.

Ik ben dankbaar voor het uitstel dat me is gegund. Mijn man heeft hem gevonden. Over die schok heeft hij nooit iets gezegd. Ik vertel louter vanuit mijn standpunt.

Je had erg gebruld die middag en als we niet op bezoek waren geweest, zou ik je zeker uit je wieg hebben gehaald. Maar je had je voeding gehad en een droge pamper gekregen, en je had een boertje gelaten, tja, wat kon ik meer doen.

Je was helemaal naar voren gekropen in je wieg. Je lakentje was nat van je traantjes en braaksel.

Natuurlijk voelde ik me schuldig. Natuurlijk was ik ervan overtuigd jou vermoord te hebben. Ik had jou alleen achtergelaten in je wieg. Ik zat lekker in de zon te barbecuen, te lachen, te praten, terwijl jij in je eentje aan het sterven was.

Later op het bed liggen in de kamer waar zijn lege wieg staat. Zijn naam fluisteren. Ben, Ben, waar ben je, je mama is hier.

Een koud lijfje. Purperbruine vlekken op zijn oogleden en in zijn hals. Het gaat erg snel.

Het truitje dat hij droeg toen hij stierf, was het truitje dat mijn moeder had achtergehouden tot na zijn geboorte. Ze had het gebreid maar wou er ook nog zijn naam op borduren. Kathy gaf het af in het ziekenhuis. 'Voor broertje Ben,' zei ze. Ze kon nauwelijks spreken toen, de drie woorden kostten haar een enorme inspanning. Ze droeg een wit jurkje. Zweet parelde op haar voorhoofd.

We schrikken als we naar hem gaan kijken bij de begrafenisondernemer. Nu hij dood is lijkt hij ontstellend op zijn zusje. Of zij daar ligt.

Zondag 28 augustus, vijf uur

We komen zonder baby thuis. Er staat een taart voor de deur. Vrienden hebben die daar neergezet en op de doos hebben ze geschreven: veel geluk met jullie vijfde huwelijksverjaardag! We nemen de taart op en gaan ermee naar binnen. We zetten de doos op tafel. We denken: nooit eten we meer taart. Nooit eten we meer iets. Maar dan krijgen we honger. En er komt bezoek. We snijden de taart aan.

We hadden elk ons verhaal.

Mijn moeder sprak over hybris, het noodlot, de goden en dat we niet meer dan vliegen zijn waarmee zij spelen.

Mijn vader zag de wil van een wijze God, wiens plannen wij niet konden of mochten doorgronden.

Mijn man had het over schuld en boete, het offer dat diende gebracht te worden om ons karma te herstellen.

Kathy zei dat Ben in een vliegtuig zat en dat het vliegtuig een lange tunnel was binnengevlogen.

Ik sprak over een boom die niet had gegroeid, over katjes die waren gestorven, over kindergraven.

We hadden elk ons verhaal, maar er was geen verhaal.

Kathy zegt: 'Ik heb dat ook eens meegemaakt. Ik ben ook eens gestorfd.'

Er is oorlog in het hart van de vrouw die loopt in de nacht met het kind aan haar borst. Niet langer haar kind, maar het kind van de nacht.

Er is oorlog in het hart van de vrouw wier kind in de plastic emmer ligt, blauw, gerimpeld, stinkend slijm. Straks wordt ze toegenaaid. Straks wordt de emmer weggehaald.

Ik ben de vrouw in de zwarte kleren.

Ik ben de vrouw met de uitgerukte haren.

Ik ben de vrouw met de doorkerfde borsten.

Ik ben de vrouw in het zwart.

februari 1984

Even doen of Ben nog leeft en ik niet de getroffen moeder ben.

De bedienden dragen een grijs uniform en een bijpassende pet. Omdat het zulk warm weer is, hebben de meesten hun jasje uitgetrokken en hun mouwen opgerold. Sommigen hebben zweetdruppeltjes op hun voorhoofd. Telkens als ze ons aanspreken, slaan ze eerst hun hielen tegen elkaar en groeten ons door met een krachtige armzwaai tegen de rand van hun pet te tikken. Geen van hen allen spreekt Nederlands. Ze dreunen steeds dezelfde zinnetjes op. 'La cérémonie va commencer. La cérémonie est terminée.' Maar er is niet veel ceremonie. We doen dit zonder mis. Willen geen god of priester, geen zalvende woorden. We gaan een gebouwtje binnen, staan in een halve cirkel voor het kistje waarop bloemen liggen. We kijken gespannen, nieuwsgierig, want geen van ons heeft dit ooit eerder meegemaakt. Twee minuten muziek, niet Händel zoals beloofd, maar iets anders, wat maakt het uit. En dan schuiven twee deurtjes langzaam open, en komt het kistje in beweging. Helemaal op eigen kracht, zo lijkt het, glijdt het geruisloos een donker gat binnen. Disneyland, denk ik. In Disneyland gebeuren ook zulke dingen. Ik wuif je na. De deurtjes gaan dicht, de volgende familie staat te wachten. 'La cérémonie est terminée.' We moeten naar buiten. Er is een café, La Silence, daar kunnen we iets drinken terwijl jij wordt verbrand. Er komt zwarte rook uit de schoorsteen. We drinken koffie, praten over het weer en over hoe gek die bedienden wel zijn. Bij een volwassene duurt het anderhalf uur, maar een baby gaat sneller. Toch is het na drie koppen koffie nog niet achter de rug. We gaan buiten in de zon wachten. Kijken naar de graven op het kerkhof.

Het is erg warm, tranen mengen zich met zweet. Omdat we duizend frank extra hebben betaald, mogen we ook zien hoe ze je as verstrooien op de weide. 'La cérémonie va commencer.' Wij mogen vooraan lopen want wij zijn de ouders. De bediende draagt een bakje. Het lijkt een beetje op een collectebus voor de missie.

Hij groet ons opnieuw, stapt resoluut het grasveld op, loopt naar een monumentje – 'A nos morts bien aimés.' Hij brengt de groet, staat stil. We houden onze adem in. De bodem van het bakje klapt open en de as glijdt naar buiten. De man beweegt zijn arm niet. Later zal hij zich bij mijn broer excuseren omdat er zo weinig as is. Een van de belangrijkste gespreksonderwerpen op het begrafenismaal zal zijn: hoe kunnen ze weten dat het de as van Ben was en maakt het wat uit? Het bakje is leeg en wordt toegeklapt. De man brengt de groet. 'La cérémonie est terminée.' Maar het is nog niet afgelopen. 'Voulez-vous la plaque d'identification?' vraagt hij en hij grabbelt in het bakje. Allemaal denken we hetzelfde: nu haalt hij Ben eruit, een tweede geboorte, het konijn uit de hoed van de goochelaar. Maar we krijgen een witte steen met een nummer. Het bewijs dat jij het was die ze hebben verbrand en verstrooid. Iedereen die de crematie heeft gemist zal later zeggen: ik was er graag bij geweest.

We nemen ons voor om volgende lente op een nacht het zaad van de reukerwten op de weide uit te strooien. We zullen dit niet doen.

Met jou hebben we laten verbranden: je spreitje dat mijn moeder voor je had gebreid, je beertje, je mooiste pakje.

Je lachte al.

Je lachte selectief.

Je lachte alleen naar mij.

La cérémonie va commencer. La cérémonie est terminée.

De dag nadat Ben was gecremeerd, gingen we met zijn zusje naar de dierentuin. Het leven moest voortgaan. Er was een buslading mongooltjes afgezet. Ze lachten veel.

Terwijl ze Ben probeerden te reanimeren: angst dat hij het zou halen en met zwaar beschadigde hersenen zou moeten verder leven. Als een bloemkool.

Nu zie ik je als een wijs, oud baby'tje. Gerimpeld mannetje, een te groot hoofd op een lijf dat nooit is volgroeid. Je bent een astronautje dat in de ruimte tolt.

Ken je die mop van die mensen die een kindje hadden verloren? Ze hebben er nog eentje verloren.

Rob was een tijdbom. Niemand durfde hem bij zich te houden uit angst dat hij zoals zijn broer plots zou sterven. Ik geloofde vast dat hij zou leven, alleen moesten we eerst een moeilijk jaar doormaken, het risicojaar voor wiegedood. Hij tikte ook als een tijdbom, of juister het apparaat dat zijn ademhaling registreerde, tikte. Het was een klein toestel dat met een blauwe draad en elektroden aan zijn lijfje was bevestigd. Bij elke ademhaling tikte het toestel en als hij tien seconden niet ademde, ging een alarm. Het getik was onregelmatig want zoals elk mens ademde hij onregelmatig. Bewust of onbewust wachtte ik altijd op die tik. Ik sliep niet, maar sluimerde. Na zijn dood dacht ik: nu kan ik eindelijk slapen. De volgende dag ging ik naar de bioscoop.

In mijn boekje staat: 'Dat ik van jou geen afscheid heb genomen. Dat je daar lag, koud, bleek, grijs op het te grote ziekenhuisbed, en dat ik de moed niet heb gehad om van jou afscheid te nemen. Om je in mijn armen te nemen, te warmen aan mijn hart, te omhelzen.'

Ik had zelfs geen moed meer om te huilen. Daar was ik mee opgehouden omdat het zo vreselijk pijn begon te doen. Traanklieren raken op een bepaald ogenblik uitgeput. Wil je dan toch huilen, dan krijg je barstende hoofdpijn. Maar ik werd bang dat Rob geen rust zou vinden omdat hij niet liefdevol naar de 'overkant' was begeleid. Dat hij gedoemd zou zijn om rond te zwerven, om als een verdwaalde ruimtecapsule rond de aarde te cirkelen. Met zijn broertje hadden we lang gezeten, afwisselend in mijn armen en in de armen van zijn vader. We hadden hem in een dekentje gewikkeld opdat hij geen kou zou vatten.

Na de dood van Ben zag ik overal voortekens, was overtuigd dat wat die zondagmiddag was gebeurd, veel vroeger was beschikt. Wij – mijn man, Ben, mijn broer, zijn vrouw, ik – hadden volbracht wat moest gebeuren. Wij waren acteurs in een noodzakelijk drama. Ik had zelfs een déjà-vu-ervaring: wat die middag gebeurde, was een film die ik ooit eerder had gezien. Na Rob was de wereld leeg en betekenisloos. Een grap. Ik schreef in mijn boekje: er is geen weg, geen waarheid en geen licht. De sleutel is zoek en de kaarten zijn al lang verbrand.

Ik vond het vreselijk dat ik opnieuw aan mijn ouders moest gaan zeggen: de baby is dood. Ik bleef in de auto zitten, liet het mijn man zeggen. Ik wilde mijn moeder niet zien huilen. Ik kon het niet verdragen opnieuw te hebben gefaald.

Ik dacht: ik moet wel een erg slecht mens zijn dat ik twee keer word getroffen. Ik verwonderde me erover dat mensen nog met me wilden praten. Het was toch bewezen hoe slecht ik was.

Ik dacht: geradbraakt en gebrandmerkt.

Ik dacht: straks word ik verplicht een grote letter S op mijn jasje te spelden. S van slecht.

Ik liet mijn haar nog korter knippen.

Rob stierf op woensdag 17 oktober 1984 rond zeven uur 's avonds. Die middag was ik samen met mijn moeder voor Kathy kleertjes gaan kopen voor Robs geboortefeestje op zaterdag. Na het winkelen bleef Kathy bij mijn moeder en de volgende dag bracht mijn vader haar rechtstreeks naar school. Daar werd voor Rob gebeden, maar Kathy wist nog niet dat haar broertje dood was. Van het buurmeisje vernam ik dat de dorpspastoor de oudere schoolkinderen was komen toespreken. Rob zou naar de hemel gaan, verzekerde hij hun, al was hij niet gedoopt. Ik weet niet meer hoe Kathy reageerde toen we het haar vertelden. Ik weet alleen nog dat ik van haar vader niet mocht huilen of jammeren. Dat zou haar traumatiseren, zei hij. Zaterdagochtend kwam zoals gepland mijn schoonmoeder over uit Wales voor het geboortefeestje.

Een misverstand: met zijn ademhaling was niets aan de hand. Wel met zijn hart. Hij bleef zelfs listig doorademen nadat zijn hart het had begeven, zodat toen eindelijk het alarm ging, hij niet meer kon worden gereanimeerd.

Zijn vader wilde niet mee naar het mortuarium, dus ging ik alleen.

Ze hadden voor hem een kapje uit watten gemaakt en over zijn schedeltje getrokken. Dat moest omdat ze cellen uit zijn hersenen hadden genomen om ze te onderzoeken.

Rob werd net als zijn broertje gecremeerd, maar het was guur herfstweer. Er waren meer mensen bij dan voor Ben. Voor de meesten was het hun eerste crematie. Twee van hen zeiden dat ze in onze plaats de as zouden opeten. Ze zouden de weide oplopen, zich op hun knieën laten vallen, as in hun handpalm nemen en oplikken.

Ik droeg hetzelfde zwarte bloesje, maar een andere rok, een zwarte met een wit lijntje. Verder droeg ik een zwart jasje, zwarte kousen en zwarte schoenen. Een klasgenote zei dat ik erbij liep als een non en hoe dat in godsnaam mogelijk was.

We lachten.

30 juli 1987

Mijn man is jarig. Hij wordt eenendertig. Ik ga hem ophalen na zijn werk. Ik zeg hem dat ik een flat in de stad heb gehuurd. Aan Kathy zal hij zeggen: mama heeft veel werk. Daarom blijft ze in de stad.

Er gebeurde dit, en er gebeurde dat.
Er gebeurde dat jij stierf en dat ik stierf,
er gebeurde dat jij stierf en dat ik niet stierf.
Nog niet stierf.